KB044277

이렇게 작지만 확실한 행복

무라카미 하루키 **감성 에세이**

이렇게 작지만 확실한 행복

그림 **안자이 미즈마루**
사진 **무라카미 요코**
옮김 **김진욱**

문학사상

차
례

조용히, 그리고 쉬는 일도 없이 시간은 흐른다

무라카미 하루키

여기에 모은 글들은, 내가 1994년 봄부터 1995년 가을에 걸쳐 《SINRA》라는 예쁜 잡지에 다달이 연재했던 것입니다. 이 글들을 연재하는 동안, 나는 쭉 매사추세츠 주의 케임브리지(보스턴 옆입니다)에서 생활하고 있었고, 이웃 도시인 메드퍼드에 있는 터프츠 대학에서 일을 하고 있었습니다. 케임브리지에는 결국, 1993년 여름부터 1995년 여름까지 2년간 체류하게 되었습니다.

그 전에 프린스턴에 살고 있던 때의 생활상은 《이윽고 슬픈 외국어》라는 책에 정리해놓았기 때문에 이 책은 그 속편이라 할 수 있습니다. 무엇보다 《이윽고 슬픈 외국어》의 경우에는 외국에서 지내는 동안에 느낀 여러 가지 것을 저 나름대로 차분히 침착하게 생각해보려는 약간 진지한(물론 제게 그렇다는 말입니다만) 자세에서 쓴 것으로, 그런대로 즐겁고 유익했지만 이번에는 생각을 약간 달리하여, 편한 마음과 여유로운 느낌으로 글을 썼습니다. 그 무렵에는 마침 장편소설을 쓰는 데 진지하고 깊이 있게 몰두하고 있었으므로, 에세이쯤은─이렇게 말하면 좀 어색하지만 뭐 괜찮겠죠, 죄송합니다─홀가분한 마음으로 즐기며 쓰고 싶다는 기분이 있었습니다. 그래서 이 책에서는《이윽고 슬픈 외국어》와는 상당히 다른 분위기가 느껴지리라고 생각합니다. 너무 딱딱하고 긴장된 자세로 이 책을 집어 들지 말고 한가로이 읽어주기 바랍니다.

잡지에 게재할 때부터 "부드러운 그림일기풍으로 하면 좋겠네"라는 의견으로 안자이 미즈마루 씨의 순수한 아트풍의 그림과 아내의 아마추어 스냅사진을 곁들여 발표했습니다. 사진은 이 책의 독자를 위해, 잡지에 실었을 때와는 약간 다른 것을 선택했습니다. 안자이 씨와 아내에게 깊이 감사드립니다. 그리고 잡지 편집 담당자인 마쓰이에 씨와 시오자와 씨, 잡지 게재와 단행본화 정리를 해준 오가미도리 씨에게도 감사드립니다. 외국에서 연재할 원고를 보낸다는 것은 팩스나 컴퓨터가 발달하여 편리해진 세상이라고는 해도, 역시 현실적으로 힘든 일이 많았습니다. 앗, 잊어버리면 안 되지. 디자인을 맡은 후지모토 씨와 출판의 경리 책임자인 데라지마 씨에게도 감사드립니다. 그런데 어쩐지 영화의 엔딩 크레디트 같네요.

그리고 잡지에 연재할 때의 분량이 책을 꾸미는 데 비교적 적은 양이었기 때문에, 책에 수록할 때 대폭 글을 첨가하여 길게 했습니다. 그러나 다시 읽어보니, 특별히 의식해서 그렇게 한 것은 아니지만 고양이에 관한 글과 사진이 많은 것 같네요.

불건전한 영혼을 위한
스포츠로서의
마라톤 풀코스

작가에 대한 파멸적 이미지

여러분, 안녕하십니까? 뭐 이렇게 책의 서두를 시작하는 것도 어쩐지 어색한 느낌이 들긴 하지만(편지가 아니니까요), 아무튼 덕분에 나는 꽤 잘 지내고 있다는 소식을 먼저 전하고 싶습니다. 머리가 썩 좋지 않은 대신에 다행스럽게도 몸만은 튼튼한 편입니다. ……아니, 그건 얼토당토않은 착각이고요. 참으로 부끄럽습니다. 그런데 도대체 내가 무슨 말을 하는 건지 알 수가 없군.

그건 그렇고 지금까지도 세상 사람들은 작가에 대한 일반적인 선입견 같은 걸 가지고 있다. 예를 들면, 작가라는 작자들은 밤을 새우기 일쑤고, 줄곧 단골 술집에 드나들면서 술이나 퍼마시고, 가정은 거의 돌보지 않으며, 게다가 지병 하나둘

쯤은 누구나 갖게 마련이고, 원고 마감일만 되면 호텔 같은 곳에 틀어박혀서 머리칼을 마구 쥐어뜯는 족속이라고 믿고 있는 것 같다. 그렇기 때문에 내가 '밤에는 대개 10시에 잠자리에 들고, 아침에는 6시에 일어나 매일 조깅을 하며, 한 번도 원고 마감일을 넘긴 적이 없다'고 말하면 종종 깜짝 놀란다. (다시 덧붙이지만, 일찍부터 나는 숙취라든가 변비, 두통, 어깨 결리는 것은 태어나서 한 번도 경험한 적이 없다.) 그런 말을 들으면, 사람들은 자신이 상상하고 있는 작가에 대한 신화적 이미지가 와르르 무너져내리는 모양이다. 실망하는 표정을 보면 미안한 생각이 들긴 하지만 어쩔 수 없지.

하지만 세간에 유포되어 있는 그러한 파멸적 작가상은 '베레모를 쓴 화가'라든가 '시가를 입에 문 자본가'와 같은 수준의, 리얼리티가 결여된 환상에 지나지 않는다. 실제로 작가들 모두가 그런 해이한 생활을 한다면, 작가의 평균연령은 아마 50대에서 그칠 것 같다. 하긴 그중에는 그러한 거칠고도 다채로운 생활방식을 경향적으로 좋아하는 사람 혹은 과감하게 실천에 옮기는 사람이 있을지도 모른다. 하지만 '사소설私小說'이라고 할 수 있는 실생활을 말하자면, 생활의 일부분을 조금씩 잘라서 파는 소설 스타일이 주류를 차지하던 옛날이라면 또 모를까, 내가 알고 있는 요즈음 대부분의 전업 작가는 그런 무질서한 생활은 하지 않는다. 소설을 쓰는 것은 대체로 검소하고 과묵한 작업이다. 일찍이 조이스 캐럴 오츠가 "조용하고 단정하게 작업을 하는 사람은 그다지 뉴스거리가 되지 못한다"라고 말한 것처럼.

"하지만 작가가 지나치게 건강하면 병적인 어두움(이른바 강박관념 같은 것)이 싹 사라져버려서 문학이라는 게 성립되지 않는 것 아닙니까?" 하고 지적하는 사람도 물론 있다. 그러나 나에게 그 질문에 대답하라고 한다면 이렇게 얘기하겠다. "그 정도로 쉽게 사라져버릴 정도의 가벼운 어두움이라면 그런 것은 처음부터 문학으로 승화될 수 없습니다." 그렇게 생각하지 않는가? 대체로 '건강'하게 되는 것과 '건강한 편'이 된다는 것은 비슷한 뜻이지만 뉘앙스가 완전히 다른 문제다. 때문에 이 두 가지를 혼동하게 되면 얘기가 약간 까다로워진다. 건전한 신체에 거무칙칙하게 깃들이는 불건전한 영혼도 엄연히 존재한다고 생각한다.

그런 이유로, 이 책의 기본적인 메시지는 '첫째가 건강이고, 둘째가 문체文體'다. 그게 어떻게 됐다는 말은 아니지만, 아무튼.

세 번째 보스턴 마라톤 참가

4월이 돌아오면, 누가 뭐래도 가장 기다려지는 건 두말할 것도 없이 보스턴 마라톤이다. 내 경우에는, 대충 12월 무렵부터 보스턴 마라톤에 대한 준비를 시작한다. 이 무렵부터 나는 마치 중요한 데이트 전날 오후처럼 안절부절못하고 초조해져 침착성을 조금씩 잃어간다. 5킬로미터, 10킬로미터와 같은 짧고 평범한 레이스에 익숙해지려고 몇 번 달려보고, 1월과 2월에 꽤 먼 거리를 달린 다음 3월경에 한 번 하프마라톤에 나가 구간에 따른 속도와 컨디션을 조절해보고(올해는 뉴베드퍼드의 하프 마라톤 대회에 출전했는데, 꽤 즐거운 레이스였다), 드디어 '정식 시합'에 임한다. 나 같은 중년층의 주자에게도 나름대로 준비라는 것이 필요하다. 하긴 아무리 기를 써봤자 좋은 기록이 나오는 것도 아니고, 하는 일도 꽤 바쁠 텐데 참 여러 가지로 사서 고생한다고 지적한다면 정말로 그 지적대로여서, 대답할 말이 없지만 말이다.

그런데 곤란하게도 금년 겨울의 보스턴은 백 년 만에 처음 겪는 이상 기온으로 인해 도시 전체가 몽땅 눈으로 덮여서 12월 중순부터 3월 초까지 바깥 도로를 거의 달릴 수 없었다. 보스턴은 바다에 근접한 지역이라 겨울이 되면 꽤 춥긴 하지만 보통 눈이 그렇게 많이 쌓이진 않는데, 올해는 한겨울 내내 내린 눈만 해도 2미터는 되었을 것이다. 친절한 집주인 스티브도 미안한 듯 고개를 절레절레 흔들면서 "정말 이상한 일이에요, 하루키 씨. 이런 적이 없었는데 말이죠. 이사 오자마자 참 안됐어요" 하고 말했다. 하지만 스티브가 이상 기온을 만들어낸 것도 아니고, 그가 아무리 미안해하더라도 내리던 눈이 금세 그칠리는 없었다.

내가 매일 달리던 찰스 강가의 아름다운 산책로도, 프레시 폰드 주변의 조깅 코스도, 대학의 육상 트랙도 온통 얼어붙어 버렸다. 너무 미끄러워서 도저히 달릴 수 없었다. 매일매일 집앞의 눈을 치우면서 이것도 좋은 운동이라고 자위했지만, 내가 무슨 가라테 소년도 아닌데 그것만으로는 마라톤의 트레이닝이 될 리 없다. 이따금 날이 풀려, 쌓였던 눈이 녹는 날도 있었지만, 그때는 땅바닥이 질척질척해서 도저히 달릴 수 없었다. 계속 그런 악조건의 기후가 반복되었다.

처음 얼마 동안은, 밖에 나가서 달릴 수 없는 상황이 굉장히 짜증스러웠다. 그래도 어떻게든 조금이라도 좋은 방향으로 생각하기로 결심하고(말하자면 '긍정적인 생각'이지요) 달리기에 몰두하느라 평소에는 좀처럼 할 수 없었던 운동들을 해보기로 했다. 경사진 코스 달리기를 대비해서 기다란 계단을 오르내리는 트레이닝을 하고, 체육관 수영장에서 수영을 하고, 서킷 레이닝(일련의 운동을 되풀이함으로써 몸의 전반적인 힘을 기르는 체력 단련법—옮긴이)을 하고, 기계를 이용해 웨이트트레이닝 운동을 집중적으로 했다. 3월 중순이 지나서야 겨우 땅이 마르자 LSD(천천히 오랫동안 달리는 연습)를 조금씩 시작할 수 있었다. 그러나 대회를 앞두고 가장 중요한 시기에 장거리를 달릴 수 없었기 때문에 솔직히 말해서 속이 상했다.

이번 보스턴 마라톤은 나로서는 세 번째 참가인데, 이번에 처음으로 '지역 주민 출신 주자'로 출전하게 된다. 이것은 꽤 기분 좋은 일이다. 아는 사람도 몇 명 생겨서 "응원 갈게"라는 사람도 나타났다. 이곳 주민들은 보스턴 마라톤 행사를 끔찍이 좋아해서, 일 년에 한 번 열리는 일종의 축제 같은 분위기를 연출한다. 모두 시간이 있으면 응원과 구경을 하러 온다. 집주인 스티브도, 달마다 내 머리를 잘라주는 미용사 레니도 응원하러 오겠다고 했다. 내 소설을 번역해주고 있는 제이 루빈(본업은 하버드 대학 교수)도 하트브레이크 언덕에서 기다리고 있다가 레몬을 건네주겠다고 했다. 우리 대학의 학생도 모두 응원하러 오겠다고 말했다. 그러니 나는 더욱 힘을 내야만 한다.

하지만 올해의 보스턴 마라톤은 겨울 동안 달리기 연습이 부족했던 탓인지 아니면 나이 탓인지(그럴 리는 없다고 생각하고 싶지만) 상당히 힘이 들었다. 처음에는 순조롭게 달렸으나 30킬로미터쯤에서 '이런, 올해는 다른 때보다 빨리 다리가 무거워지는군' 하는 생각을 할 때는 이미 완전히 지쳐 있었다. 결과적

보스턴 마라톤의 결승점 앞 풍경

아저씨가 모자에 성조기를 두 개 꽂고 있다. 이렇게 눈에 띄는 모습을 하고 달리는 사람이 꽤 많은데, 그 이유가 '무조건 남의 눈에 띄고 싶다'는 것만은 아니다. 응원하는 사람 쪽에서는, "국기 아저씨 힘내세요!" 하는 식으로 말을 걸기가 쉽고, 그 소리를 들은 쪽은 '좋아, 힘내자!' 하고 생각하게 된다. 물론 '무조건 남의 눈에 띄고 싶다'는 사람도 있었지만…… 나는 그저 평범한 모습으로 달리고 있다.

으로 겨우 세 시간 40분에 돌파했지만, 마지막에는 다리가 후들거려서 '이제 조금만 참으면 차가운 맥주를 마실 수 있어'라는 생각만 되풀이하면서 겨우 다리만 무의식적으로 움직이는 상태였다.

하지만 다소 기록의 차이도 있고 때에 따라서는 기쁘거나 분하기도 하지만, 보스턴 마라톤은 언제 달려도 진짜 멋진 레이스다. 낮 12시에 마라톤이 시작되기 때문에, 달리고 있으면 도로 근처의 집 정원에서 달리기 구경을 하면서 바비큐를 하는 냄새가 확 하고 풍겨온다. 아빠로 보이는 남자는 덱 체어(나무틀에 천을 씌운 접의자―옮긴이)에 앉아서 차가운 맥주를 한 손에 들고 치킨을 맛있다는 듯 뜯어 먹고 있다. 정원으로 들고 나온 대형 카세트 라디오에서는 마라톤 주자들을 격려하기 위해 씩씩한 〈록키〉의 테마 음악이 흘러나온다. 주최 측에서 주는 생수와는 별도로 동네 아이들이 도로에 나와 오렌지 슬라이스나 물을 주자들에게 내민다. 코스 중간쯤에 있는 웰즐리 여자대학교 앞에서는 여대생들이 한 줄로 늘어서서 모두 젖 먹던 힘을 다해 고함을 지르며 응원을 해주는데(이것이 전통), 그 목소리가 너무 커서 지나고 나서도 한참 동안 오른쪽 귀가 왕왕 울리며 아무것도 들리지 않을 정도다. 보스턴에 거주하는 일본인들은 길가에서 일본말로 "힘내세요!" 하고 외치며 격려해준다.

그런 식의 응원은 가장 힘든 코스인 '하트브레이크 언덕' 근처에서 절정에 이른다. 매년 똑같이, 거의 판에 박은 듯이 되풀이되는 그런 흐뭇한 광경을 보고 듣고 냄새 맡고 있노라면 '아아, 올해에도 또 이곳에 돌아왔구나' 하는 생각이 들어 달리는 도중에도 왠지 가슴이 찡하고 뜨거워진다. 나는 지금까지 여러 장소에서 꽤 많은 종류의 레이스를 뛰어봤지만, 도시 전체가 이 정도까지 혼연일체가 되어서 주자를 격려해주는 레이스는 좀처럼 보기 드물다. 보스턴에서는 그러한 마음이 나 같은 나이 든 주자에게도 생생하고 자연스럽게 전해져온다. 뉴욕 마라톤도 호놀룰루 마라톤도 물론 즐겁고 훌륭한 대회지만, 보스턴에는 그것과는 또 다른 '뭔가 특별한 것something else'이 있다.

다음 레이스에서 또다시 힘을 내야겠다.

마라톤과 소설쓰기

그런데 마라톤에 참가하는 것은 어떤 의미에서는 상당히 불가사의한 체험이다. 이를 경험하는 것과 경험하지 않는 것과는 인생 그 자체의 색깔도 조금은 달라지는 것이 아닐까 하는 느낌이 들 정도다. 종교적인 체험이라고까지는 말할 수 없지만, 거기에는 뭔가 인간 존재에 깊숙이 와 닿는 것이 있다.

42킬로미터를 실제로 달리고 있을 때는 '도대체 내가 왜 일부러 이런 지독한 꼴을 자처하는 거지? 이래봤자 좋은 일은 하나도 없지 않은가? 아니, 오히려 몸에 해로울 뿐이지(발톱이 빠지고, 물집도 생긴다. 그 다음 날에는 계단을 오르내리는 것도 힘이 든다)' 하고 상당히 진지하게 스스로에게 캐묻는다. 하지만 어떻게 해서든 결승점에 뛰어 들어가 한숨 돌린 다음 건네받은 차가운 캔 맥주를 벌컥벌컥 들이켜고, 뜨거운 욕조에 잠긴 채 바늘 끝으로 발바닥에 부풀어 오른 물집을 따낼 무렵에는 '자, 이제 다음 레이스에서는 더 분발해야지' 하고 다시 마라톤에 대한 의욕으로 불타기 시작하는 것이다. 이건 도대체 어떤 심리 작용일까? 인산에세는 이따금 자신을 알 수 없는 극한 상황까지 몰고 가보려는 내재된 욕망 같은 것이 있는 것일까?

나로서는 그런 감정의 발생 이유까지는 잘 알 수 없지만, 어쨌든 이런 감흥은 마라톤을 풀코스로 달렸을 때만이 느낄 수 있는 특별한 것이다. 이상한 일이지만, 가령 마라톤 하프코스를 달렸을 때에는 그런 흥분을 느낄 수 없다. 그저 '21킬로미터를 마음껏 달린다'는 것뿐인데 왜 그런 차이가 날까. 물론 마라톤 하프코스도 고통스럽기는 하지만, 그건 달리기가 끝나면 곧장 해소되는 종류의 괴로움이다. 하지만 마라톤 풀코스를 끝까지 달리고 나면, 인간이(적어도 나는) 쉽게 받아들일 수 없는, 신경에 거슬리는 자잘한 마음의 앙금 같은 것이 뱃속에 가득히 남게 된다. 제대로 설명하기는 어렵지만, 자신이 바로 조금 전까지 극한 상황에서 맛보았던 그 '괴로움 같은 것'과 조만간 다시 한번 대면해서, 그 나름대로 어떤 매듭이 지어지는 걸 봐야 한다고 느끼게 된다. '다시 한번 되풀이해야만 한다. 그것도 좀 더 잘할 수 있게 되풀이할 필요가 있다'는 식으로. 그렇기 때문에 아마도 나는 지칠 대로 지치고 파김치가 되면서까지 포기하는 일 없이 그럭저럭 12년 동안이나 끈질기게 마라톤 풀코스를 계속 달리는 것이리라. 물론 뭔가 해결을 볼 수 있을 만한 것은 전혀 찾지 못했지만.

사람들은 '마조히즘'적이라고 말할지도 모르지만 결코 그런 것만은 아닐 거라고 생각한다. 그것은 틀림없이 호기심과 비슷한 종류의 것일 게다. 계속해서 횟수를 늘려가고 한계를 조금씩 올려감으로써 자신 속에 잠재해 있는, 자기가 아직 모르는 것을 좀 더 자세히 보고 싶고, 햇빛이 비치는 곳으로 끌어내보고 싶다는…….

하지만 다시 생각해보니까, 이 생각은 평소 내가 장편소설에 대해 품고 있는 생각과 거의 비슷하다. 어느 날 갑자기 '자, 이제부터 장편소설을 쓰자'고 생각한다. 책상 앞에 앉는다. 그리고 몇 개월이나 몇 년 동안 숨 막히게, 신경을 극단적인 한

계로까지 집중시켜가면서 장편소설을 하나 써낸다. 그때마다 걸레를 쥐어짠 것처럼 기진맥진해서 '아아, 너무 힘들었어. 이제 당분간은 이런 짓은 하지 않을 거야' 하고 뼈저리게 생각한다. 하지만 시간이 조금 지나고 나면 '아냐, 이번에야말로' 하고 생각하고 다시 싫증도 나지 않는 듯 책상 앞에 앉아서, 또다시 장편소설을 쓰기 시작하게 된다. 그러나 아무리 써도, 아무리 많이 써도 역시 앙금이 뱃속에 무겁게 가라앉는다.

그에 비하면 단편소설이라는 건 10킬로미터 레이스나, 길어봤자 겨우 하프마라톤 정도의 것이다. 물론 단편소설에는 단편소설만의 독자적인 역할이 있고, 그 나름대로의 생각이나 즐거움이 있다. 하지만 단편소설은 인간의 존재 자체에 깊이 의존해오는 압도적인 것, 죽음에 이를 만큼 치명적인 것은—물론 어디까지나 나에게 그렇다는 얘기지만—없다. 그만큼 '좋은 점과 안 좋은 점이 반반'을 차지하는 면도 장편소설에 비하면 훨씬 적다.

마라톤을 끝낸 뒤, 결승점 근처의 코플리 플라자 안에 있는, 보스턴에서 가장 유명한 시푸드 레스토랑인 '리갈 시푸드'로 갔다. 거기서 진하고 따뜻한 클램 차우더를 먹고, 스팀드 리틀 넥(뉴잉글랜드 지방에서만 잡히는 조개로, 내가 좋아하는 음식)을 먹고, 시푸드 믹스트 프라이를 먹었다. 웨이트리스가 내 마라톤 완주

메달을 보고는 "마라톤 뛰었어요? 와, 용기 있네요" 하고 칭찬 해주었다. 용기 있다고 누군가에게 칭찬을 들은 것은 자랑은 아니지만 태어나서 거의 처음 있는 일이다. 솔직히 말해서 나에게는 용기 같은 것은 전혀 없는데 말이다.

그러나 어쨌든 누가 뭐라고 하든, 용기가 있든 없든, 풀코스를 뛰고 난 다음에 먹는 풍성하고 따뜻한 저녁식사는 이 세상에서 가장 멋진 일 중 하나다.

누가 뭐라고 하든.

텍사스 주
오스틴에 가다
아르마딜로와
닉슨의 죽음

푸른 전원도시 오스틴

보스턴 마라톤을 나간 다음다음 날인 4월 20일, 비행기를 타고 텍사스 주 오스틴으로 갔다. 그곳에 있는 텍사스 주립 대학에서 나를 닷새간 강사로 초청한 것이다. 커다란 강당에서 한 차례 강연 비슷한 것을 하고(정말 지쳤다), 그 지방의 서점에서 사인회를 갖고, 이틀 밤가량 리셉션에 참석하고…… 하는 식의, 뭐 매번 미국 대학의 초청 일정과 다를 바 없는 초대였다. 가는 곳마다 가지각색의 사람들을 만나서 여러 얘기를 나누고, 여러 장소를 구경하고, 갖가지 다양한 음식을 먹는다. 나는 평소에는 거의 사람들을 만나지 않기 때문에, 이따금 이런 일이 있으면 꽤 신선하고 신기하기도 하다. 영어 회화 연습도 되고, 또 문화 교류에 일조가 되었으면 하는 생각도 있고(실제로 되는지 안 되는지는 모르겠지만), 어쨌

오스틴 시의 길고양이

이 도시에는 무슨 이유에서인지 고양이가 엄청나게 많았다. 어느 나라에서나 고양이라는 것은 그들만의 지정석 같은 장소를 어딘가 갖고 있어서, 그 자리에 있으면 참으로 행복한 얼굴을 한다. 이 고양이는 애교가 있어서, 불렀더니 얼른 다가왔다.

든 일본에서는 별로 하지 않는 일이니까…….

특별한 일정이 없는 날 밤에는 현지의 미국인 학생들과 시내의 재즈 클럽이나 블루스 클럽에 가서, 샤이너 복(이라는 그 고장의 흑맥주는 상당히 맛있다)을 마시면서 즐겁게 얘기를 나누었다. 내가 대학생이었던 것도 바로 엊그제 같은 느낌이 들지만, 다시 곰곰이 생각해보면 이 학생들은 내 자식뻘이 되는 나이였다. 정말이지 세월은 참으로 빨리 흘러간다.

오스틴은 텍사스 주의 주도州都이기는 하지만, 같은 주 안에 있는 휴스턴이나 댈러스 같은 대도시와는 비교도 안 되는 작고 아담한 도시다.

관청과 대학으로만 이루어진 것 같은 조용한 곳이지만, 학생이 많은 탓인지 가는 데마다 음악 클럽들이 놀라울 정도로 많이 있다. 해가 저물면 길거리에 음악과 텍사스·멕시코 풍의 요리 냄새가 넘쳐나고 낮과는 전혀 딴판으로 시끄러워진다. 학생들의 말을 빌리면 "이 오스틴에 살고 있는 사람 대부분이 남이 인정해줄 만한 음악가든가, 아니면 자칭 음악가예요"라는 것이다. 확실히 길거리를 걷고 있노라면 레코딩 스튜디오가 곳곳에서 눈에 띄었다. 악기를 끌어안고 걸어다니는 사람들도 많다. 너도나도 스튜디오를 빌려 샘플 레코드를 만들어서 방송국으로 가지고 가는 것 같다. 그래서인지 레코드가게에 가보아도 CD보다는 옛날식 바이닐 LP음반이 판을 치고 있었다.

시내의 수많은 클럽 가운데는 특히 '앤턴스'라는 이름의 블루스 전문 클럽에 사람들이 많이 모여들었다. 뭔가 음악에 대한 근성이 있어 보여서 즐거웠다. 이 클럽에서 본격적으로 흥이 최고조에 도달하는 것은 한밤중인 12시 이후이기 때문에 일찍 자고 일찍 일어나는 나로서는 다소 괴로웠지만.

오스틴은 꽤 살기 좋을 것 같은 도시였다. 텍사스 주라고 하면 자못 황량한 사막, 평원이 끝도 없이 이어지는 곳을 상상하기 쉽다. 또 실제로 그린 도지가 대부분을 차지하긴 한다. 하지만 오스틴은 그 같은 일반적인 텍사스 이미지와는 몇 광년이나 떨어져 있다. 시내 한가운데에 깨끗한 강이 흐르고 나무도 상당히 많은데다가 완만한 구릉지가 펼쳐지는 곳이다. 여기저기에서 차분하고도 지적인 향기가 느껴진다. 몇 해 전에 사이버펑크 작가인 브루스 스털링한테 인터뷰를 당했을 때(인터뷰였다고 해도 이 사람이 혼자 떠들었던 것 같은 느낌이 들지만) "나는 오스틴에 살고 있는데, 그곳은 굉장히 좋은 곳이니까 꼭 한번 놀러 오세요. 작가도 많이 살고 있지요" 하는 말을 들었다. 브루스는 마침 이탈리아를 여행 중이라고 해서 유감스럽게도 이번에는 만

나지 못했지만.

이 도시에서 왠지 모르지만 나는 사람들의 열렬한 환영을 받았고, 명예시민인정서(라고 하던가)까지 받았다. 이런 걸 받은 건 난생처음이다—라고 말하려다가 문득 생각이 났는데, 이전에 그리스의 로도스 섬에 한 달가량 살면서 명예섬주민 상장을 받은 적이 있다. 로도스 섬도 굉장히 좋은 곳이다.

오스틴에 머무는 동안에는 신기하게도 한 번도 달리기를 하지 않았다. 마라톤을 하고 난 직후였고, 얼마 동안 느긋하게 몸을 쉬려고 생각해서 조깅화도 가져오지 않았던 것이다.

닉슨의 죽음이 전해지던 날

토요일 아침, 호텔 근처의 카페에서 아침을 먹고 있는데, 메뉴를 가지고 온 웨이트리스가 다짜고짜 "리처드 닉슨이 죽었대요" 하고 말을 걸어왔다. "허어, 그래요, 죽었군요" 하고 난 엉겁결에 대답하고 말았다. (그 이상 어떻게 말을 해야 좋을지 몰랐으니까.) 그러나 이 전직 대통령의 죽음은 일반 미국인에게는 생각했던 것보다—우리 일본인이 상상하는 것보다—커다란 의미를 지니고 있는 것 같았다. 그의 장례식 날 공립학교나 관청이나 은행이 모두 문을 닫고, 우편배달도 쉬면서, 말하자면 모두 경건한 조의를 표하는 것이다. 대통령 재직 중에는 분명히 여러 가지 불미스러운 일이 있었지만, 인생을 마감한 생의 최후 정도는 잠자코 용서해주는 것이 어떻겠는가, 화해하는 것이 좋지 않겠는가, 하는 심정으로 대부분의 사람이 공감하고 있었던 모양이다.

그런데 그 뒤 닉슨의 죽음을 보도하는 잡지를 읽었는데, 그가 평소 자주 입에 담았다는 이런 말이 실려 있었다.

Always remember, others may hate you, but those who hate you don't win unless you hate them.

"이것을 잘 기억해두게. 만일 상대가 자네를 미워했다고 하더라도 자네가 상대를 같이 미워하지 않는 한, 그들은 자네를 이길 수 없다네" 정도로 번역하면 될까? 단순하지만 상당히 깊은 맛이 우러나는 좋은 말이다. 나는 이것을 읽고 '아아, 이 사람도 나름대로 고생을 했구나' 하고 생각했다. 리처드 닉슨은 내가 결코 좋아하는 타입의 정치가도 아니고, 호감 가는 인간도 아니지만(우리 세대 사람들에게 이 사람은 천적과도 같다), 워터게이트 사건으로 '미국에 오점을 남긴 역사적 악인惡人'이라는 낙인이 찍혀 실각한 이래 20년간 죽자고 입을 앙다물고 운명의 중압을 견뎌온—그동안에 자살도 진지하게 생각했다고 한다—

정신력에는 역시 탄복할 수밖에 없다. 하지만 닉슨은 경건한 퀘이커파니까, 어쩌면 이런 경구는 일종의 대물림된 상투적 문구로서 어렸을 때부터 머릿속에 주입된 것일 뿐인지도 모른다. 물론 상투적 문구니까 바람직하지 않다는 말은 아니지만.

오스틴은 고양이가 엄청나게 많은 곳이었다. 더군다나 이곳의 고양이들은 대부분 애교가 있어서, 부르면 금세 "야옹" 하고 대답하면서 다가온다. (미국 고양이인데 일본말로 불러도 가까이 다가오니까 신기하다.) 한낮에 햇빛이 잘 드는 포치에 앉아서 조용히 책을 읽거나(코맥 매카시와 필립 커의 소설은 모두 다 굉장히 재미있다), 샤이너 복 맥주를 마시거나, 근처에서 배회하는 고양이와 놀거나 하면서 느긋하게 텍사스의 따뜻하고 마음 편안한 봄날을 보냈다. 그렇게 소일을 하노라면 남부의 '포치가 있는 생활'이라는 것은 참으로 여유롭구나 하는 실감이 든다. 보스턴의 기후에서는 좀처럼 그런 일을 할 수 없다. 이런 곳에서 마음 편히 조촐하게 여생을 보내는 것도 나쁘지는 않겠구나, 하고 생각한다. 여생이라고 하기에는 아직 시간이 조금 있지만.

심포니와 재즈 콘서트

보스턴으로 돌아온 다음 날인 4월 26일에는 보스턴심포니의 콘서트에 참석했다. (정말 바쁘군.) 이날은 객원 지휘자인 베

르나르트 하이팅크의 지휘 아래, 브람스의 〈교향곡 1번〉 등이 연주되었다. 보스턴심포니의 콘서트는 그 고장에서도 인기가 있어서, 여행객이 당일치기로 입장권을 사는 것은 그리 쉽지 않다. 하지만 나는 시즌 티켓을 갖고 있기 때문에 전혀 문제가 없었다. 오히려 관람 자체를 편하게 즐길 수 없게 만든 사소한 문제는 의자가 딱딱하다는 것, 좌석과 좌석 사이가 너무 좁다는 것이었다. 분명 오래된 콘서트홀의 고풍스러운 분위기는 무척 좋았지만, 엉덩이와 다리가 아픈 걸 각오해야 한다.

하이팅크의 성실하면서도 유연하고 조용한 설득력을 지닌 음악은 나도 평소부터 좋아해왔고, 확실히 이날 밤의 연주도 연주 지체만은 흠잡을 데 없이 뛰어난 것이었다. 그러나 음악 속에 뭔가 찌릿찌릿하게 가슴에 와 닿는 것이 없었다. 확 하고 불꽃이 피어오를 만한 흥분이 없었다는 얘기다. 모두 합해 일곱 차례나 들은 이번 시즌의 보스턴심포니는 유감스럽게도 대개 그저 그런 느낌이었던 것 같다. 좋은 연주라고는 생각했지만 마음 저 밑바닥부터 뜨거워지지는 않았다. 그 까닭은 어쩌면 그 심포니 오케스트라와 단순히 서로 인연이 맞지 않았기 때문인지도 모른다. 옛날에 한 번 도쿄에서, 오자와 세이지의 지휘로 이 교향악단의 연주를 들었을 때는 정말로 더할 나위 없이 좋았기 때문에. 분명히 그때도 브람스의 〈교향곡 1번〉

이었는데 그때의 연주는 마음을 강하게 때리는 그 무엇이 있었다. 예술이라는 것은 다 그런 건지도 모르지만, 그 작품의 작품성이 높다는 것과 마음속에 걷잡을 수 없이 불을 댕기게 한다는 것은 완전히 별개인 것 같다.

하지만 보스턴심포니의 콘서트에 갈 때마다 나는 '아아, 보스턴에 살기를 잘했구나' 하고 생각한다. 보스턴에서 보스턴심포니를 듣는 것은, 뉴욕에서 뉴욕필하모니를 듣는 것보다 심정적으로는 왠지 모르게 더 좋다. 어디까지나 나의 편견에 지나지 않는 것인지도 모르지만.

4월 29일, 케임브리지의 재즈 클럽에서 소니 롤린스의 연주를 들었다. (영어 발음으로 서니 롤린즈라고 하는 편이 그럴듯하고 폼도 나겠지만.) 이것은 상당히 압도적이었다. 롤린스는 벌써 나이가 예순네 살인데도, 지긋한 나이만큼이나 깊이가 있고 정서가 고답적이지 않은 것이 누가 뭐래도 경이로울 정도다. 아무튼 예술보다는 건강이 훨씬 자신만만한 모양인지, 연주하는 곡마다 혼신의 열과 성을 다하여 연주하는 모습이 역력하다. '있는 것은 전부 그대로 가져가라'는 느낌으로, 신바람이 나면 스무 곡 정도는 손쉽게 불어젖힌다. 들리는 얘기에 의하면, 이 사람은 옛날 일본에 왔을 때 놀러 간 나이트클럽에서 한 곡 불어달라는 요청을 받고는 악기를 손에 들고 결국 밤 9시부터 이튿날 새벽 5시까지 쉬지 않고 불어줬다고 한다. 그 말을 들었을 때는 '설마, 거짓말이겠지!' 하고 생각했지만 지금도 그 나이에 끄떡없이 연주하는 걸 보면 아마도 일본 나이트클럽에서 있었던 일이 거짓말은 아닌 것 같다. 역시 인간은 '첫째가 건강'이라는 생각을 다시금 하게 된다. 얼마 전에 같은 클럽에서 들은 테너 색소폰 주자인 조 핸더슨(나이로 보면 이 사람이 일곱 살 어리다)은 매너리즘에 빠져 지나치게 메말라 있었기 때문에 '롤린스는 역시 대단하군' 하고 감탄하며 집으로 돌아온 적이 있다. 이런 말을 하면 이상하게 들릴지도 모르지만, 음악적으로는 새삼스럽게 특별히 들어줄 만한 것도 없는데, 그래두 눈앞에서 듣고 있으면 완전히 압도당하고 감탄하고 만다. 틀림없이 태어날 때부터 스케일 같은 것이 보통 사람보다는 훨씬 컸던 모양이다. 그러나 그만큼 '천재라는 것도 괴로운 거구나' 하는, 얼마간 애처로운 생각도 들게 한다. 좀 더 젊었을 때, 훗날에 대한 걱정 없이 하늘 꼭대기까지 소리가 꿰뚫고 올라가던 그 전성기의 연주를 클럽에서 라이브로 듣고 싶었던 것 같다. 지금 와서 그런 말을 해봤자 아무 소용도 없겠지만.

그날 밤의 테이블 요금은 20달러, 음료수 가격은 4달러였다. 보스턴의 클럽은 뉴욕보다 훨씬 싼 것 같다.

그건 그렇고, 내가 고등학교 다니던 시절에 수업을 빼먹고 집에서 뒹굴며 아침 TV 프로그램을 볼 때, 롤린스가 〈오가와 히로시 쇼〉에 나와서 〈중국행 슬로보트〉를 부르던 것이 문득 생각난다. 요즘은 어떤지 잘 모르겠지만, 당시의 모닝쇼는 상당히 대담한 진행을 했던 것 같다. 하지만 시간 관계로 몇 곡밖에 솔로를 하지 못했기 때문에 원기 왕성한 롤린스로서는 불만이었을지도 모른다. 같은 시기의 일인데, 〈디스 다이아몬드 링〉을 히트시킨 게리 루이스와 플레이보이스가 일본에 왔을 때도 역시 모 방송국의 모닝쇼에 출연했다. 사회자(누구였더라)가 게리 루이스의 부친인 제리 루이스를 서투르게 흉내 내자, 그 옆에 서 있던 게리의 얼굴이 불쌍하게 실룩실룩 일그러지던 모습이 어제 일처럼 생각난다. (사람이란 아무래도 상관없을 사실을 오래도록 기억하는 모양이다.)

프린스턴에서의 색다른 조깅

보스턴에서 자동차를 운전해서 코네티컷 주, 뉴욕 주로 빠져 타판지브리지를 건너 오래간만에 뉴저지 주의 프린스턴 대학으로 갔다. 초빙교수로 현지에 체류하고 계신 가와이 하야오 씨와의 공개 대담을 위한 것으로, 대담 제목은 '현재 활발하게 제기되는 일본 논의의 의미에 대하여'라는 것이었다.

프린스턴 대학의 마틴

소탈하게 정원에서 바비큐를 굽고 있지만, 사실은 굉장한 교수이다. 이 장소는 내가 살고 있던 교수용 주택의 정원인데, 휴일이 되면 주민이 모두 모여 신나게 바비큐파티를 한다. 여름날 저녁때는 그 주위 일대에 바비큐 냄새가 진동을 한다.

다람쥐

고양이들은 어떻게 해서든 다람쥐를 잡으려고 필사적이지만, 다람쥐는 조심성이 많아서 쉽사리 고양이에게 잡히지 않는다. 자기가 어느 정도 나무에서 떨어져 있는가를 언제나 단단히 머리에 새겨두고 있어서, 갑자기 적으로 보이는 것이 시야에 들어오면 재빨리 나무 쪽으로 도망친다.

잡지 《신초新潮》에 게재하기로 한 대담이었는데, 굉장히 재미있었다. 나는 사람들 앞에서 얘기하는 건 그다지 능숙하지 못한 데다가 무엇을 화제로 삼아야 할지도 미리 생각해오지 않았지만, 얘기를 하는 사이에 여러 가지 얘기가 쏟아져 나와서 오히려 이야깃거리가 부족할 정도였다. 가와이 선생은 소니 롤린스와 대충 비슷한 연대라고 생각되는데, 롤린스 씨에 못지않게 파워풀한 분이었다. 두세 번 식사를 함께했는데 그 건강함에는 감탄할 수밖에 없었다. "그런 것쯤은 날 치켜세워주기만 하면 말이죠, 살인을 빼고는 뭐든지 할 수 있지요" 하고 말씀하셨는데 내 건강은 그 정도로까지는 쫓아갈 수 없을 것 같은 느낌이 든다.

프린스턴에서는 정말 오래간만에 호수(라고 남들은 부르지만 이것은 본래 운하 같은 것이다) 주위를 매일 아침 느긋하게 조깅했다. 달리면서 주위 풍경을 바라보노라면 식물이나 동물의 모습이 보스턴과는 상당히 달라 새삼스럽게 놀라게 된다. 보스턴과 프린스턴은 자동차로 다섯 시간밖에 떨어져 있지 않고, 이 정도는 미국에서는 어디까지나 '가까운 거리'에 해당되는 셈이지만 기후는 상당한 차이가 난다.

남쪽으로 내려온 탓에 꽃가루 알레르기가 심해졌다며 아내는 투덜투덜 불평을 해댔다. 올해 미국은 굉장히 추운 겨울을 겪은지라 꽃가루의 기세도 예년보다 심한 모양이다. 그러나 나는 고맙게도 아직까지는 꽃가루 알레르기와 아무런 관계도 없기 때문에 초록에 휩싸인 프린스턴의 아름다운 초여름을 충분히 만끽할 수 있었다. "그야 물론 당신이야 좋겠지요" 하고 아내는 투덜거린다. 그런 말을 들으면 정말이지 난처하다.

그런데 사진을 보면 알 수 있듯이, 프린스턴의 거리에는 미국에서 보기 어려운 진귀한 검은 다람쥐가 서식하고 있다. 미국의 다른 지역에서는 이 검은 다람쥐를 본 기억이 없다. 어째서 프린스턴 주변에만 이런 검은 다람쥐가 번식하고 있는지에 대해서는 여러 가지 학설이 있다.

생물학과에서 실험용으로 사육하고 있던 것이 밖으로 도망쳐서 불어났다는 설이 가장 유력하다. 또 학생 전체 인구 중에서 흑인 학생이 차지하는 비율이 낮기 때문에 그걸 벌충하기 위해 대학에서 들여왔다는 또 다른 설도 있다. 이건 물론 싱거운 우스갯소리지만, 이곳에 살고 있으면 깜박 속아 넘어갈 만큼 설득력 있게 들리기도 한다. 프린스턴 대학에는 그런 믿기 어려운, 그렇다고 무조건 부정할 수도 없는 속물적인 구석이 약간 있으니까.

자세히 관찰해보면, 검은 다람쥐는 검은 다람쥐끼리만 사귀고, 보통의 갈색 다람쥐는 갈색 다람쥐끼리 사귀고 있는 것 같다. 검정과 갈색이 부부가 되는 예를 나는 유감스럽게도 아직 본 적이 없다. 상당히 어려운 문제인가 보다—라고 해도 뭐가 어려운 문제인지는 잘 모르겠지만. 아래 사진은 보통 다람쥐끼리 우리 집 앞의 잔디밭 위에서 대낮에 당당하게 '일을 벌이고 있는' 사진이다. 눈초리가 자못 진지하고 귀엽다. 역시 이런건 진지하게 하지 않으면 안 된다. 싱글벙글 웃으면서 하면 좀 곤란하긴 하지.

교미 중인 다람쥐

프린스턴의 검은 다람쥐

사람 잡아먹는 퓨마와
현대 영화의
작가 톰 존스

사람 잡은 퓨마의 최후

　　　　　　　　얼마 전에 신문을 읽는데, 퓨마에게 잡혀 먹힌 불쌍한 조깅 애호가에 관한 기사가 실려 있었다. 이것은 캘리포니아 주 새크라멘토의 북서쪽에 있는 휴양지에서 일어난 사건으로, 피해자는 바버라 슈너라는 40세의 여성이다. 세 살 정도의 수놈 퓨마가 습격한 것인데, 먹다만 슈너 씨의 시체를 나뭇잎으로 덮어서 숨겨놓고, 이튿날 다시 나머지를 먹으러 온 모양이다. (나는 모르고 있었지만 그게 퓨마의 일반적인 습성이란다.) 시체를 발견하고 잠복하고 있던 사냥꾼들이 그 퓨마를 사살했다.

　신문에는 죽은 퓨마의 사진도 제대로 실려 있었다. 대체로 작은 표범 정도의 크기로, 이빨은 그냥 눈으로 보기에도 날카

이렇게 작지만 확실한 행복

로웠다. 한때는 퓨마의 숫자가 전국적으로 줄어들어서 '멸종 위기에 처한 종endangered species'으로 지정되었으나, 그 보호정 책 덕분에 최근에 이르러 다시 수가 약간 불어났다고 한다. 뉴 욕의 센트럴파크를 달리는 여성은 낮에도 강간에 신경을 쓰 지 않으면 안 되고(이런 일은 상당히 자주 일어난다), 조금만 도시를 떠나면 이번에는 퓨마니 곰이니 하는 동물에 대해서도 조심을 하지 않으면 안 되고, 끝에 가서는 조깅 중인 대통령을 라이플 총으로 저격하는 계획까지 나온다. 그래서 미국의 조깅 애호 가는 마음이 편치 못한가 보다.

나 역시 그리스에서 조깅을 할 때에는 개의 습격을 자주 받 아서 식은땀을 흘리곤 했다. 그곳의 개들은 거의 양치기 개나 그 후손이어서 양을 지키고 위협이 되는 대상을 물라는 교육 을 철저히 받는다. 그러니 그야말로 정색을 하고 덤벼든다. 물 론 퓨마 정도는 아니더라도 이 개도 꽤나 무섭다. 게다가 그리 스에서는 조깅 같은 한가한 짓을 하는 사람은 거의 없기 때문 에, 사람이 달리는 걸 보면 개들은 모두 '무언가 심상치 않은 사태가 벌어지고 있다'고 인식하고 한층 더 흥분하는 것 같다. 덕분에 하마터면 큰 부상을 당할 뻔한 적도 몇 번인가 있다.

터키를 여행하고 있을 때에는, 그리스보다 개가 더 많고 흉 포한 것 같아 결국 한 번도 달리기를 할 수 없었다. 그리고 보면 꼭두새벽부터 커다란 몸집의 사내가 할일 없이 혼자 좋아서 10킬로미터나 달릴 수 있는 나라가 있다면 세계를 통틀어 보더라도 역시 예외적이지 않을까 하는 느낌이 든다. 사실은 일부러 그런 귀찮은 짓을 하지 않더라도 일상생활에서 운동량이 자연히 채워져 영양분과 균형을 이룰 수 있는 상태가 가장 좋겠지만 좀처럼 그렇게 쉽게 되지는 않는다. (특히 소설가 같은 직업을 갖고 있으면 전혀 가망이 없는 이야기다.)

게다가 퓨마 쪽에서 보자면, 산속에서 혼자 폴짝폴짝 뛰고 있는 인간은 이지 플레이(안성맞춤의 먹이) 외에는 아무것도 아닐 것이다. 그러니 사람을 덮쳐서 잡아먹는 것은 퓨마로서의 '당연한 영업 행위' 아니겠는가. 하지만 그런 식으로 좋다 나쁘다는 관점으로 떠들다가는 얘기가 다소 까다로워질 것이다. 어쨌든 산속에서 갑자기 퓨마의 습격을 받아 잡아먹히는 것은 그다지 기분 좋은 사망 방법은 아닐 것 같은 느낌이 든다. (그럼 어떤 사망 방법이 기분 좋은 것이냐고 물어온다면 이것 또한 곤란하지만.) 지금부터라도 미국의 산속에서는 가급적 달리지 않도록 조심하자.

좋은 영화관이 있는 이곳에서 살고 싶다

조깅이라는 건강을 위한 운동과 그야말로 정반대의 행동으로 생각되는 것이(사실은 그렇지만도 않다고 혼자 생각해보지만) 존 워터스의 슈퍼급 변태 영화다. 그의 신작 〈시리얼 맘〉은 상영관 수는 적었지만 미국에서도 중간 정도의 평판을 받았고, 상당히 오랜 기간에 걸쳐서 상영됐는데 흥행 면에서도 꽤나 잘나간 작품이다. 물론 캐슬린 터너 주연의 메이저급 영화라서 이전 작품과 같은 지독한 악취미, 천박함, 변태의 세계를 다룬 내용의 영화는 아니다. 신랄한 농담도 때가 지나면 무뎌지고 흐리멍덩해지지만, 최근에 특히 예술의 광기가 사라져버린 미국 영화치고는 세련된 부분도 상당히 있어서 나는 재미있었다. 좋았다. 워터스가 일단 메이저화되고 나서 감독한 〈사랑의 눈물〉 〈헤어스프레이〉와 같은 작품도 굉장히 재미있었지만 〈시리얼 맘〉은 언제나 써먹던 1950년대의 플라스틱한 인공 세계로 도망치지 않고, 확고하게 현실과 맞선 점이 위대하다고 생각한다.

그러나 얼마 전 근처의 '명화관'이라는 극장에서 워터스의 옛날 작품인 〈디바인 대소동〉(1974년, 디바인 주연)을 처음 보았는데, 하여간 상상조차 못할 만큼 우습지도 않은 작품이었다. 〈핑크 플라밍고〉도 그렇지만, 아무 생각 없는 이런 멍청한 영화에 돈과 시간을 들여 만들고 있다니, 도대체 무슨 생각을 하고 있는 걸까 하는 생각이 들 정도다. 좋아하긴 하지만.

이 '명화관'에서는 놀랍게도 '존 워터스 주간, 전 작품 상영'
이라는 과감한 특집을 개최하고 있었는데, 벌건 대낮부터 보
스턴 근교의 시크한 인간들(물론 'chic[세련된]'가 아니고 'sick[병든]'
이다. 만일을 위해 밝히지만)이 왕창 모여들어서 모두들 즐겁게 큰
소리로 웃고 있었다. 이건 굉장히 좋은 일이다. 마찬가지로 변
태인 켄 러셀이 왠지 두각을 나타낼 만한 활동을 하지 않는 요
즈음, 다른 한쪽의 영웅인 존 워터스가 앞으로도 더욱 분발해
줄 것을 기대하는 것은 나와 이른바 '변태 영화팬'들만은 아닐
것이다.

이 명화관은 '브래틀 시어터'라는 곳으로 케임브리지의 하
버드 광장에 있다. 관객 대부분이 하버드 대학의 까다로운 학
생이어서인지, 항상 꽤 세련된 영화를 상영한다. 예를 들면 '젊
은 날의 로버트 미첨 특집' 같은 것을 오랫동안 상영할 때도
있다. 이런 걸 누가 보러 올까 하는 생각도 들지만, 항상 구경
꾼들이 들어오니까 감탄할 수밖에 없다. 매달 '이달의 상영 예
정 영화'라는 팸플릿을 발행하고 있는데, 이것 또한 굉장히 정
성 들여 만들어져 있어서 보고 있기만 해도 즐거워진다. 언젠
가 영화광인 사토 에이지 군이 놀러 왔다가 이 영화관을 보고
"정말 굉장한 극장이네요, 하루키 씨. 저도 여기서 살고 싶은걸
요" 하며 두고두고 감탄했다.

재미있게 얘기하는 작가도 있네요

5월 18일, 뉴욕에 갔다. 잡지 《뉴요커》의 문예 특별호 사진 촬영을 위해서였다. 호텔은 《뉴요커》 편집부 근처의 42번가 '로열턴'이나 '앨곤퀸' 중 어느 한쪽으로 지정하라고 했다. '앨곤퀸'은 지나치게 문학적 취향으로 꾸민 곳이라서 필리프 스타르크가 디자인했다는 로열턴으로 했다. (이곳은 존 워터스 풍으로 을씨년스러운 대신 싫증이 나지 않는 호텔이지만 레스토랑에 가면 주의해야 한다. 주문하고 나서 음식이 나오기까지 시간이 상당히 걸린다. 아침으로 주문한 오믈렛은 한 시간이 지나도 끝내 나오지 않았다.) 촬영을 위해 모인 작가는 존 업다이크, 앤 비티, 보비 앤 메이슨, 자메이카 킨케이드, 미이클 샤본, 니컬슨 베이커, 로버트 맥스웰……과 같은 《뉴요커》에서 낯익은 작가들(전부 열 명가량)이다.

사진 촬영은 리처드 애버던이 담당했는데, 이 사람의 작업 스타일은 역시 프로다운 품위가 있었다. 미리 정확하게 그림 콘티가 준비되어 있는지 촬영 자체는 엄청나게 빨랐다. "네, 그곳에 서주십시오. 약간 고개를 이쪽으로 향하고…… 그래요, 그것으로 됐습니다" 하고는 싱겁게 끝나버린다. 내 경험으로 말한다면, 대체로 사진가는 잘 찍는 사람일수록 일 속도가 빠르다. 촬영하기 전후에 촬영을 하기 위해 모인 작가들의 파티 같은 것이 있어서, 그곳에서 와인을 마시거나 간식을 먹으면서 여러 사람들과 얘기를 나눌 수 있었다. 미국은 땅덩어리가 넓어서 작가들끼리 얼굴을 마주할 기회가 적은 모양인지, 그곳에 있는 대부분의 사람이 처음 만나는 것 같았다.

많은 작가가 모이니까 역시 각자의 개성이 돋보였다. 자메이카 킨케이드는 가장 자유분방한 성격을 지녔고, 니컬슨 베이커는 큰 키에 싹싹한 성품을 지녔다. (최신작 《페르마타》가 특히 여성 독자에게 비난을 받아서, 그 때문에 긴장하고 있었는지도 모르지만.) 보비 앤 메이슨은 왜소한 몸집에 몹시 초조해하고, 앤 비티는 가장 화려해 보이며, 존 업다이크는 역시 리더 격이라는 느낌이 들었다. 하지만 내가 얘기를 나눈 가장 재미있던 사람은 워싱턴 주에서 온 톰 존스Thom Jones라는 작가였다. 창피스럽게도 나는 이 사람의 작품을 읽은 적이 없었다. 그러나 내가 좋아하는 작가로 레이먼드 카버, 팀 오브라이언, 코맥 매카시의 이름을 열거하자 "그렇다면 당신은 분명히 내 책을 좋아하게 될 거요" 하고 명쾌하게 잘라 말했다.

이렇게 말하면 좀 뭣하지만, 톰 존스는 겉으로 보기에도 이상한 사람이었다. 멀리서 첫눈에 '이 사람은 정상적인 인간이 아니겠군'이라 생각했다. 나중에 편집자에게 물어보니까 "저 사람은 뛰어난 작가긴 하지만 비정상적입니다" 하고 말해주었다. 역시. 그러나 결코 까다로운 사람은 아니다. 나이는 아마

나하고 비슷하겠지만 경력은 상당히 화려했다. "베트남전쟁에 대한 집착이 너무 강했죠. 그것으로 약간 머리가 돌아 프랑스에 가서 빈둥거리고 있다가 결국 광고 회사에 취직해서 마흔 살까지 그곳에서 일했지요. 난 솜씨가 좋은지, 돈을 너무 많이 벌어서 나중에는 별 재미를 못 느끼겠더라고요. (제가 재거를 타고 다녔다고요, 재거를요.) 그래서 학교의 잡역부가 되었지요. 초등학교 잡역부로 5년 일하는 동안 책을 잔뜩 읽어가지고 이 정도라면 나도 무엇인가를 쓸 수 있겠다는 생각이 들더군요. 그래서 일단은 옛 직장인 광고업으로 돌아가려고 했더니, 돈이 벌리는 광고 대리점을 그만두고 일부러 초등학교 잡역부를 5년 동안이나 하는 녀석은 정상이 아니라면서 받아주지를 않지 뭡니까. (*그쪽의 심정도 이해할 수 있을 것 같은 느낌이 든다.) 그래서 말이죠, 그렇다면 이참에 작가나 되어볼까 하고 생각하고 소설을 써서 《뉴요커》에 보냈더니 채택이 되더라고요, 그래서 작가가 된 거죠. 처음 시작부터 《뉴요커》였다고요. 정말 놀랄 일이 아닙니까?" 하고 말하는 것이었다.

와인을 마시면서 꽤나 빠른 말투로 지껄여댔기 때문에 조금은 틀렸을지도 모르지만, 대충 그런 줄거리의 이야기였다. 나는 이런 사람을 꽤 좋아한다. 톰 쪽도 헤어질 때 "나는 작가와 만나서 그다지 재미있다고 생각한 적이 없는데, 당신하고는 상당히 재미있었습니다. (*이것은 사교적인 말투일지도 모르지만, 전혀 사교적이지 않은 것 같은 진지한 얼굴로 말해서 좋았다.) 내 책 읽어봐요. 그리고 나이폴의 《×××》라는 책도 꼭 읽어봐요. 재미가 없다면 내가 그 책값을 대신 지불해드리죠, 뭐" 하고 말했다.

파티석상에서 그는 계속 더러운 종이 봉지를 소중하게 들고 돌아다녔다. 그것이 무엇이냐고 물었더니 "아아, 이거요? 당뇨병 약입니다" 하고 대답하는 것이었다. 이 사람은 언젠가 다시 한번 만나고 싶다. 헤어진 뒤에 서점에서 그의 단편집 《권투선수의 휴식The Pugilist at Rest》을 사서 읽었는데 정말로 알차고 재미있는 책이었다.

이번 여름엔
중국, 몽골 여행과
지쿠라를 여행했습니다

나의 극단적 중국요리 알레르기

　　　　　　　　6월 28일에 ANA 비행기로 나
리타 공항에서 다롄으로 향했다. 어떤 잡지의 취재차, 사진 찍
는 마쓰무라 에이조와 둘이서 중국의 만저우 지역과 몽골을
도는 2주일간의 여행을 하기 위해서였다. 그러나 단순히 잡
지의 취재만이 아니라, 나로서는 지금 쓰고 있는 소설(《태엽 감
는 새》제3부)을 위한 개인적인 취재 목적도 있었다……라고 할
까, 사실을 말하면 이쪽이 더 주된 이유이다. 이렇게 노골적으
로 말하면 할 말이 없어지지만. 어쨌든 나는 중국이라는 나라
에 꼭 한 번 가보고 싶다고 생각했기 때문에, 이 취재 여행은
뭐 안성맞춤이었다. 설령 가고 싶어도 혼자서 중국의 오지까
지 간다는 것은 현재로서는 현실적으로 거의 불가능에 가까운
일이기도 하고.

이렇게 말하면 자못 순풍에 돛 단 듯이 들릴 얘기 같지만, 나로서는 이 여행에서 대단히 심각한 개인적 문제가 한 가지 있었다. 그 '단 한 가지 문제'라는 것은, 내게 극단적인 중국 요리 알레르기가 있다는 사실이었다. 어렸을 때는 분명 편식이 심해서 고생했지만, 커가면서 여러 종류의 음식을 별로 가리지 않고 먹을 수 있을 만큼은 되었으며, 사실 대개의 음식은 먹으려고 생각하면 먹을 수 있게 되었다. 그러나 중국 음식만은 무슨 일이 있어도 절대로 먹을 수 없다. 아무튼 센다가야의 '호프겐' 앞을 지나가기만 해도(우리 집 근처이기 때문에 거의 매일 지나다닌다) 기분이 나빠진다. 요코하마의 차이나타운은 도저히 걸어다닐 수 없고, 차이나타운은커녕 슈마이 냄새를 맡는 것이 싫어 요코하마 역에서 내리고 싶지 않을 정도로 매우 심각한 알레르기다. 태어나서부터 라면 같은 것은 한 번도 먹어본 적이 없다. 그런 얘기를 하면 모두들 농담이라고 생각하는 모양이지만, 이건 진짜로 정말로 사실이다. 예전에 우연히 중국 음식점에 초대를 받았는데, 죄송하게도 전혀 젓가락을 대지 못한 일이 몇 번인가 있었다.

어쩌다가 이런 지경에까지 이르게 되었는지 이유는 잘 모른다. 아마 어릴 때 겪었던 뭔가가 있지 않을까 생각되지만, 도대체 어디서 무슨 일이 있었는지는 생각해낼 수가 없다. 어쩌면 히치콕 감독의 〈스펠바운드〉와 같은 비밀이 숨겨져 있는지도 모른다. 하지만 그건 단순히 먹어보지도 않고 까닭 없이 싫어하는 것은 분명히 아니다. 그 증거로, 아내는 전혀 중국요리로 보이지 않도록 중국요리를 만들어서 몇 번씩이나 나에게 먹이려고 했지만, 나는 언제나 한입에 그것을 간파했다. 어떤 희미한 냄새나 향기가 귓가에서 쾅쾅 하고 징 같은 것을 두들겨대면서 나에게 '이것은 우연히 중국요리의 모습을 하고 있지 않을 뿐, 어엿한 중국요리다'라고 알려주는 것이다.

이런저런 일로 인해 '중국요리 알레르기'를 치료하는 문제에 대해서는 끈질긴 성격의 소유자인 아내조차도 어쩔 수 없이 두 손을 들고 말았다. 그리고 자기가 중국요리를 먹고 싶을 때는 누군가 다른 사람을 데리고 먹으러 가게 되었다.

얼마 전에 아내는 라면이 먹고 싶어져서 점심때 혼자 라면 가게에 들어가 라면을 먹고 있었다. 그러자 옆 테이블에 앉았던 젊은 아가씨가 일행에게 들으라는 듯이, "나이가 들어서도 혼자 라면을 먹으러 오는 여자만은 되고 싶지 않아"라고 말하더라는 것이다. 아내는 "그런 말을 듣는 것은 모두 당신이 라면을 먹지 못하는 탓이라고!" 하고 마구마구 화를 냈다. 그러니까 혼자서 묵묵히 라면을 먹고 있는 40대 여성을 어딘가에서 보더라도 너무 흉보지 말아주길 바란다. 인간에게는 각자

여러 가지로 개인적인 사정이 있으니까. 그리고 그런 분풀이
는 반드시 나에게 오니까 말이다.

"하지만 라면을 먹지 못하다니, 정말 인생의 커다란 불행이
네요. 정말 맛있으니까요." 아내는 말한다.

분명히 그럴지도 모른다. 나도 할 수만 있다면 눈앞에 놓인
음식은 무엇이든지 가리지 않고 맛있게 먹고 싶다. 그렇게 되
면 이 세계는 좀 더 단순하고 행복한 장소가 될 것이다. 그러
나 아무리 그렇게 생각해도 말린 죽순이나 용의 무늬가 그려
진 그릇이라든가 그런 걸 보기만 해도 나의 용기는 장마 때의
불꽃놀이처럼 푹 꺼져버리고 만다.

양고기의 공포

그런 인간이 거의 중국요리밖에 없는 중국에 가는 것이니
확실히 사태는 심각했다. 이런 이야기를 편집자에게 털어놓았
더니 "허어, 무라카미 씨는 중국요리를 못 먹습니까? 그것 참
큰일이군요. 그래도 라면이나 군만두 정도는 먹을 수 있지 않
겠어요? 괜찮을 겁니다" 하고 속 모르는 소리를 해댄다. 내 사
정에 대해서는 전혀 모르는 것이다. 라면이나 군만두를 먹을
수 있을 정도라면, 나도 걱정하지 않는다고. 그래서 좀 더 자
세히 상황을 설명하니까, 상대방은 "그래요, 그렇게 싫습니까?

그것 참 큰일 났군요" 하고 자못 동정하는 투로 말했지만 눈은 완전히 웃고 있었다. 전혀 이해하지 못하는 것이다. 고생이나 고통이라는 건, 그게 타인의 몸에서 일어나는 한, 인간으로서는 정확히 이해할 수 없는 법이다. 특히 일반적인 종류의 고생이나 고통이 아닌 경우에는 더욱 심한 편이다.

결과부터 말한다면, 여행을 하는 동안 난 결국 아무것도 먹을 수 없었다. 중국 여행 자체는 굉장히 흥분되고 신선하고 재미있었지만 식사만은 정말 비극이었다. 다롄에서는 일본 음식을 먹었다. 하얼빈에서는 피자를 먹었다. (중국에 가서 피자를 먹는 얼간이는 아마 이 세상에 나밖에 없겠지.) 창춘에서는 보르스치(고기와 채소 등을 넣은 러시아식 수프-옮긴이)를 먹었다(후후, 맛없었다). 하이라얼에서는 양식이라고 불리는, 무엇으로 만들었는지 짐작할 수조차 없는 것을 절반은 억지로 위에 쑤셔 넣었다. 몽골의 국경 근처에 있는 작은 도시에서는 버너로 메밀국수를 삶아 먹었다. 그 나머지는 죽과 매실장아찌, 그리고 가지고 간 칼로리메이트를 먹었다. 나 스스로도 너무나 비참했다. 아이고, 무엇 때문에 이런 곳까지 와서 일부러 칼로리메이트 같은 것을 먹어야 하는 거야. 아무튼 이런 이유로 중국 여행은 비참했다.

중국을 떠나서 몽골에 가자 이번에는 온 나라에 차고 넘치는 양고기 냄새에 완전히 질려버렸다. 터키의 오지를 여행했을 때도 분명히 온 나라에 넘쳐흐르는 양고기 냄새에 질렸지만 터키의 양고기 요리는 주로 굽는 것이 대부분이기 때문에 냄새가 그다지 역하지는 않았다. 바람이 불면 사라진다. 냄새도 담백해서 참으려고 생각하면 참을 수 있고 무리를 하면 먹지 못할 것도 없었다. 그런데 몽골에서는 물을 넣고 부글부글 끓이는 요리법이 중심이기 때문에, 물에 삶은 양고기 냄새가 사방의 모든 것에 숙명과도 같이 흥건히 배고 달라붙어버린다. 그야말로 자동차 시트에서부터 지폐에 이르기까지 이 강렬한 냄새는 어디든 배어 있다. 그래서 이 냄새를 맡으면, 더 이상 식욕이고 뭐고 깨끗이 사라지는 것이다. 나는 원래 뒷맛이 깨끗한 음식을 좋아해 주로 채식이나 생선을 먹고, 고기는 아예 먹지 않는다고 해도 좋을 정도로 입에 대지 않는다. 쇠고기의 붉은 살이 있는 부분은 극히 드물게 먹는 정도고, 불고기집에는 한 번도 발을 들여놓은 적이 없다. 전골도 채소와 곤약만 집어 먹는 정도다. 그래서 몽골 여행은 솔직히 말해서 너무 힘들었다. 정말로 힘들었다. 지금까지 여러 종류의 고된 여행을 해왔지만 식사 면에서 이렇게 비참한 꼴을 당한 여행은 처음이었다. 솔직히 말해서, 지금까지도 몸 상태가 왠지 이상하다.

몽골의 한 마을에서 촌장 집에 초대를 받았을 때의 일이다.

양을 한 마리 죽여서 대접을 하는데 엄청나게 매웠다. 게다가 눈앞에서 양을 죽이고 잘라서는, 뜨거운 물에 살짝 데쳐가지고 뼈가 붙은 채로 산더미처럼 쌓아 내오니까, 나로서는 도저히 먹을 수 없었다. 하지만 일단 나는 그 자리의 주빈이었기 때문에 모두가 꼼짝 않고 바라보면서 "자아, 드시지요" 하고 권하는데 먹지 않을 수 없었다. "죄송합니다만 고기를 먹는 것은 사회적 견지에서 볼 때 옳지 않다고 생각해서요" 하고 말한다고 해서 통할 세계도 아니었다. 여기는 매사추세츠 주의 케임브리지가 아닌 것이다. 거의 꿀꺽 삼키다시피 해서 그럭저럭 조금씩 먹었다.

사실을 말하면, 사진작가인 에이조 군도 양고기는 딱 질색인 모양이었다. 그러나 다행히 이 사람은 사진작가라는 이유로 "이런 것은 도저히 먹을 수 없습니다" 하고 말하는 대신 "미안합니다. 잠시 밖에서 촬영하고 오겠습니다" 하고 말하고 자리에서 일어나 밖으로 나갈 수 있었다. 그리고 바로 입안에 집어 넣은 것을 적당히 토해냈다고 한다. 그러나 나는 그런 짓을 할 수 없어서 입안에 넣은 것을 고지식하게 그대로 씹어 넘겼다. 고기 냄새가 굉장히 역해서 그것을 잊기 위해 권하는 술을 벌컥벌컥 마셔댔다. 이 술은 분명히 양고기 냄새를 없애는 데는 안성맞춤이었지만, 무엇보다 알코올 도수가 엄청나게 높은

데다가 피곤하고 긴장을 한 탓인지 나는 도중에 의식불명 상태가 되고 말았다. 상대방이 호의를 가지고 대접하는 것은 잘 알고 있었지만, 처음에는 양고기, 다음에 숙취, 하는 식으로 엎친 데 덮친 격의 가혹한 밤이었다. 그때의 일은 지금도 별로 떠올리고 싶지 않다.

지쿠라 백사장에서

7월 18일, 중국과 몽골에서의 비참했던 나의 식생활을 회복시키기 위해 아내와 둘이서 지바 현의 지쿠라에 갔다. 처음에는 아는 사람에게서 중고로 구입한 자동차 시승을 겸해서, 시라하마에 사는 오치다 겐이치, 요코 씨 부부의 집을 방문하는 게 목적이었다. (사실 나는 이 부부의 그림을 책 표지로 사용한 일이 있었다.) 그러나 그 얘기를 하니까 지쿠라에서 자란 안자이 미즈마루 씨가 "그럼 저도 같이 가지요"라며 따라 나섰다. 나 역시 그 마을 출신 사람과 함께 가면 마음이 놓일 것 같았다.

안자이 씨는 우리가 머무른 '지쿠라관館'의 주인 스즈키 씨와도 친한 사이로, 저녁을 먹고 나서 둘이서 어딘가로 어슬렁거리며 놀러 가려고 하기에(나는 몽골 양고기 후유증으로 9시 반 정도가 되면 졸려서 눈을 뜰 수가 없었다), "안자이 씨, 설마 또 둘이서 필리핀 펍에 가는 건 아니죠?" 하고 나는 농담을 건넸다. 화백은 온화

지쿠라 해안의 '바다의 집'

나는 어렸을 때 오랫동안 해안 근처에서 살았기 때문에, 7월 초에 뚝딱뚝딱 바다의 집이 세워지고, 8월 말에는 그것이 다시 해체되는 것을 연례행사로 봐왔다. 바다의 집이 해체될 무렵이 되면, 여름휴가도 슬슬 끝이다. 파도가 높아지고 해파리도 나온다. 숙제도 마무리를 하지 않으면 안 된다. 해파리는 물론 숙제를 도와주거나 하지 않는다. 이런저런 일로 그건 꽤나 서글픈 광경이었다.

한 얼굴에 한순간 엄한 표정을 지으며 "설마, 내가 그런 곳에 갈 리 없잖아요?" 하며 근거가 없는 것도 아닌 나의 가벼운 농담에 찬물을 끼얹듯이 말했다. 의심해서 미안하다고는 생각하지만 결국 두 사람이 그날 밤 어디에 갔는지는 알 수 없다.

시라하마와 지쿠라 사이에는 해안을 따라 다리('지쿠라초의 다리'라고 제멋대로 명명)가 있으며, 그 보도의 연석에는 이 마을의 위인인 안자이 미즈마루 화백의 타일 그림이 두 장 끼어 있다. 그것 말고는 그 고장 초등학교 학생의 그림이 나란히 끼어 있어서 사람들은 '어느 것이 안자이 선생의 그림이고, 어느 것이 어린애의 그림인지 잘 알 수 없다'고 말하기도 한다. 그다지 보는 눈이 없는 무식한 사람의 말이지만 보는 이들은 물론 그런 착각은 하지 않을 것이다. 단순하고 아름다운, 가슴이 따뜻해지는 그림이다. 흥미가 있는 분은 꼭 자신의 눈으로 확인해보기 바란다. 어떤 것이 안자이 미즈마루 화백의 그림인지 금세 알 수 있을 것이다.

안자이 씨의 그림은 둘째 치고, 시라하마 부근의 해안에는 의미를 알 수 없는 조각이나 그림이 엄청나게 많이 늘어서 있어서 눈이 상당히 피로해지는 일이 있다. 풍경 자체만으로도 소박하고 아름다운데, 그 위에 쓸데없는 장식을 덧붙일 필요가 뭐가 있느냐고 나는 생각하지만(가령 깨끗한 흰 안벽을 다채로운 물고기의 그림으로 가득 채우는 일), 어쩌면 이건 국외자가 일일이 참견할 일은 아닐지도 모른다. 이러한 글을 쓰면, 그 고장의 관계자로부터 "아무것도 모르는 타지 사람이 쓸데없는 글은 써가지고……" 하는 질책의 편지를 받게 될 테니까, 미리 단단히 사과를 해두겠다. 이건 정말 어쩔 수 없는 혼잣말일 뿐이다.

오치다 씨 부부는 시라하마로 이사 오기 전에는 미우라三浦 반도에 살고 있었으나, 구리하마久里浜와 하마카나야浜金谷 구간을 왕복하는 페리를 타고 소토보外房까지 집을 찾으러 왔다가 결국 지바에 거처를 정하게 되었다고 한다.

미우라 반도에서 여기까지는 지도상으로 상당히 거리가 멀지만, 일단 페리를 타면 참으로 어처구니없을 정도로 가까운 거리다. 그러나 눈 깜짝할 사이에 도착하긴 하지만, 요코스카橫須賀와 다테야마館山는 굉장히 큰 차이가 있는 것처럼 보인다.

아내의 말을 빌리면 "똑같이 페리로 오고 가는 이탈리아의 브린디시와 그리스의 파트라스 정도의 차이가 있어"라고 한다. 그러고 보니까 '과연 그렇겠구나' 하는 느낌이 들기도 한다. 그러한 비교가 얼마나 많은 사람에게 생생하게 느껴질지, 나로서는 알 수 없지만.

하지만 분명히 페리라는 것은 좀 불가사의한 느낌을 주는

지쿠라 해안에서의 어부 아저씨와 개

이따금 개도 좋다. 아저씨의 머리띠가 보소 반도풍의
멋진 풍취를 자아낸다. 왠지 샌들도 꽤 멋지다. 개 역시
어딘가 머리띠, 샌들과 어울리는 것 같은 느낌이다. 나
는 지금까지 태어나서 딱 한 번 개를 기른 적이 있는데,
'매우 평범한 개였다'는 것밖에 떠오르지 않는다.

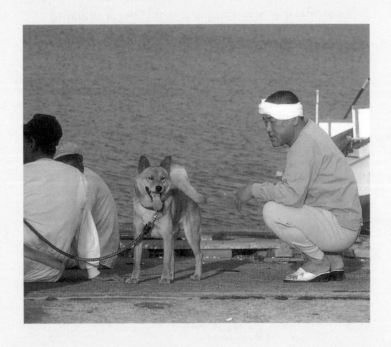

지쿠라 해안에서의 물놀이

일본의 해수욕장에서 틀어놓는 음악은 정말로
시끄럽다. 우리 집 근처의 오이소 해안에서도 비
치 보이스의 노래 등이 아침부터 밤까지 울려 퍼
진다. 서비스 차원에서 그러는 모양이지만 정말
남에게 폐가 되는 짓이다. 배경음으로 파도 소리
만 있으면 그것으로 충분하니까,

교통수단이다. 비행기를 탔다가 내리면 '자아, 이곳은 이제 다른 장소다' 하는 단호한 듯한 느낌을 주지만, 페리라는 것은 목적지에 도착하고 나서 그곳에 실제로 적응하기까지는 기묘할 정도로 시간이 더디게 걸린다.

그리고 거기에는(특히 자동차로 이동하는 경우에는 그런 경향이 더욱 강한데), 어딘가 떳떳하지 못한 일종의 서글픔이 따라다니는 것 같은 느낌이 든다. 나는 그런 걸 개인적으로는 굉장히 좋아하지만.

다이어트,
피서지의
고양이

아름다운 다이어트

　　　　　　새삼스럽게 이제 와서 불평을 늘어놓아봤자 어떻게 되는 것도 아니지만, 올해 일본의 여름은 정말로 무더웠다. 죽을 정도로 무더웠다. 아무리 볼일 때문이라고는 하지만 일부러 이런 시기에 일본에 돌아오다니 바보 같다. 뭔가를 할 의욕이 전혀 생기지 않아서 어쩔 수 없이 매일 맥주만 마셔대고 있었다.

　어느 무더운 날 오후, 신주쿠 백화점의 전람회장에서 열리는 나가사와 마코토 씨의 토스카나 그림 개인전을 보러 갔다. 마침 그곳에 있던 미야모토 미치코 씨의 《참으로 아름다운 다이어트》라는 책을 읽어보았더니 '나이가 들어 술을 마시는 건 되도록 삼가는 게 좋다'라는 구절이—물론 정중한 표현으로—쓰여 있었다. 나는 '정말 옳은 말이야, 나도 맥주를 마시는 걸 조금 삼가야겠군' 하고 생각했지만(이 사람의 설명은 엄청난 설득력이 있다), 방 안에서 한 걸음 밖으로 나갔더니 너무 더워서 차가운 맥주를 마시는 것 말고는 아무 생각도 나지 않았다. 그런 이유로, 글쎄, 나는 여전히 맥주를 마시고 있다. 금년 여름에는 대개 기린의 라거 맥주를 마셨다. 브랜드 취향이 보수적인 건 아니지만, 일본에 돌아올 때마다 영문을 알 수 없는 낯선 맥주가 차례차례로 술집의 선반에 늘어서 있는데, 너무 더워서 어느 것으로 마실까 하고 일일이 생각하는 것도 귀찮기 때문이다.

그건 그렇다 치고, 다이어트 책이라고 하면 왠지 '미용을 위한 매뉴얼'처럼 생각하기 쉽지만, 적어도 미야모토 씨의 경우—적이도리고 말할 수 있는 건 그것 말고는 그런 유의 책을 읽은 적이 없기 때문이다—'실용'은 '실용'으로 제쳐두고, 그것과 동시에 하나의 생활 방식을 제시하고 있는 것 같은 느낌이 든다. 나는 현재 치밀한 다이어트에 대해서는 그다지 흥미가 없지만, 이 책을 읽으면 같은 세대의 똑같은 '자유직업을 가진 자'로서 그녀가 말하려는 바를 왠지 모르게 이해할 수 있을 것 같은 느낌이 든다. 결국 우리처럼 어디에도 속해 있지 않은 인간은 자신의 일을 하나에서 열까지 스스로 지킬 수밖에 없고, 그리고 그걸 위해서는 다이어트든 신체 단련이든, 자신의 신체를 어느 정도 정확히 파악해서 방향성을 정해 자기 관리를

케임브리지의 고양이

울타리 너머로 꼼짝 않고 이쪽을 응시하고
있는 눈이 너무나 애처로워서 셔터를 눌렀
다. 날짜는 틀린 것이니 신경 쓰지 말아주길.

버몬트 주의 다리

수수한 모습이다. 나는 벽의 틈새로 얼굴을 내밀고 프란체스카 씨를 목이 빠지게 기다렸다. 그러나 아무리 기다려도 프란체스카 부인은 오지 않았다. 그 대신 갑자기 토끼 한 마리가 숲 속에서 뛰쳐나와 콘크리트 블록에 머리를 부딪치고 기절했기 때문에, 그것을 강변에서 맛있게 구워 먹었다……라는 이야기를 써도 틀림없이 팔리지 않을 것이다. 당연한 건가?

해나갈 수밖에 없다. 그리고 거기에는 하나의 고유한 체계나 철학이 필요하게 된다. 물론 그 방법이나 철학이 보편적으로 타인에게 적용될 수 있을지는 또 다른 문제지만.

나는 학교를 졸업한 이래 어떤 조직에도 속하는 일 없이 혼자서 꾸준히 살아왔지만, 그 20여 년 동안에 몸으로 터득한 사실이 하나 있다. 그것은 '개인과 조직이 싸움을 하면 틀림없이 조직이 이긴다'는 사실이다. 물론 마음에 위안을 주는 결론이라고는 할 수 없지만 어쩔 수 없는 분명한 사실이다. 개인이 조직에 이길 수 있을 정도로 세상은 어수룩하지 않다. 분명히 일시적으로는 개인이 조직에 대해서 승리를 거둔 것처럼 보이는 경우도 있다. 그러나 장기적으로 보면 마지막에는 반드시 조직이 승리를 거두고야 만다.

때때로 문득 '혼자서 살아가는 것은 어차피 지기 위한 과정에 지나지 않는 게 아닐까' 하는 생각이 들 때도 있다. 그리고 그러한 삶이 '정말 피곤하네'라고 인정하면서도, 나름대로 힘껏 살아나가지 않으면 안 된다. 왜냐하면 개인이 개인으로서 살아가는 것, 그 존재 기반을 세계에 제시하는 것, 그것이 소설을 쓰는 의미라고 나는 생각하고 있기 때문이다. 그리고 그러한 자세를 관철하기 위해 인간은 가능한 한 신체를 건강하게 유지해두는 것이 좋다고(하지 않는 것보단 훨씬 낫다) 생각한다.

물론 이건 어디까지나 나의 한정된 사고방식에 지나지 않지만 말이다.

그건 그렇다 치고, 미야모토 씨의《참으로 아름다운 다이어트》를 읽고 있으면, 모두들 여러 가지로 노력하고 있다는 생각이 든다. 그러나 생각해보면, 10년쯤 전에 나는 뉴욕에 살던 미야모토 씨와 함께 뉴욕의 '리틀 이탈리아'에 가서 배 터져라 파스타를 먹고 정신없이 와인을 마신 적이 있다. 그 레스토랑에서는 꽤나 즐거웠다. Those were the days, my friend(그땐 정말 좋은 세월이었다).

내 차, 코라도 이야기

섭씨 36도의 도쿄에서 돌아와보니, 보스턴은 8월 10일인데도 섭씨 24도라는 쾌적한 기후였다. 땀도 흐르지 않고, 낮 동안에 모자를 쓰지 않고도 조깅을 할 수 있었다. 덕분에 한숨 돌릴 수 있었다. 집주인 스티브에게 물어보니까, 7월에는 무더운 날이 며칠 계속되었지만, 8월 둘째 주로 들어서자 뉴잉글랜드 지방은 깜짝 놀랄 정도로 갑자기 선선해졌다고 한다.

내가 빌린 집에는 에어컨이 없다. 처음에는 지내기에 힘들지 않을까 다소 걱정했지만, 작년에 실제로 이곳에서 한여름을 지내보니 안심할 수 있었다.

일반적인 목장의 울타리

하늘을 자세히 보라. UFO가 비행하고 있다……고 하는 것
은 새빨간 거짓말이고, 그냥 목장의 울타리다. 나는 이 근
처에서 촬영한, 대낮부터 소가 교미를 하고 있는 사진을 싣
자고 주장했지만 무시당했다. 디자인 담당인 후지모토 씨
가 이 사진을 골랐다. 일반적인 목장의 울타리다.

버몬트의 라마

버몬트에서는 라마를 기르는 농가가 많다. 라마는 매일 도대
체 무슨 생각을 하며 사는 걸까? 역시 라마는 라마즈법으로
새끼를 낳는 것일까? 제발 라마에 대해서는 내게 질문하지
않았으면 좋겠다. 라마에 대해서는 정말 아무것도 모른다.

이래가지고선 오늘은 도저히 일할 수 없다고 생각될 정도로 무더웠던 것은 기껏해야 3, 4일 정도였기 때문이다.

우리 집은 차고가 없어서 내 폭스바겐 코라도도 한 달 이상 먼지를 뒤집어쓰고 있었다. 프린스턴 시절에는 지붕이 달린 훌륭한 차고(한 달에 15달러)가 있었기 때문에 차가 언제나 반짝반짝했다. 가는 곳마다 "와아, 깨끗한 차로군요!" 하고 사람들에게 칭찬을 들을 정도였다. 하지만 지금은 겉모습만 보면 상당히 고물이 된 데다가 여기저기에 흠도 생겨서, 이젠 아무도 칭찬해주지 않는다. (인간하고는 비교하지 않을 테지.) 그러나 성능으로 볼 때, 지난 3년 반 동안 보수 점검도 거의 하지 않은 것치고는 고장 하나 없이 잘 달리고 있다. 이건 정말로 대단한 일이다. 한때 기어가 2단에 들어가지 않아서 애를 먹었지만, 이 것도 대단한 일은 아니어서 근처 수리점에 가지고 갔더니 금세 고쳐주었다. 다만—그다지 큰 소리로 말할 수는 없지만—엔진은 별로 신통치 않았다. (*나의 코라도 엔진은 V6가 아니고 오리지널인 슈퍼 차지(엔진의 출력을 높이기 위한 장치—옮긴이)이다.)

언젠가 이 자동차로 필라델피아 교외를 드라이브하고 있었을 때의 일이다. 사람들이 그다지 많지 않은 교차로에서 신호를 기다리는데 네다섯 명의 10대 흑인들한테 완전히 포위당했다. 한 명이 운전석 창유리를 쾅쾅 두드렸다. 위험한 사태에

봉착한 것 같아 가슴이 철렁 내려앉았지만, 태연하게 왜 그러느냐고 물었다. 그러자 상대는 싱긋 웃으면서 "아저씨, 이거 새로운 모델의 자동차죠? 꽤 멋진데요" 하고 말했을 뿐이었다. 아직 코라도가 발매된 지 얼마 안 되었을 무렵이라, 신기해서 자동차를 구경했던 것뿐이었다. 괜히 의심을 한 것 같아 미안한 생각이 들었다. 그러나 아무리 그렇다고 해도, 아무 말 없이 에워싸지는 말라고. 긴장하게 되니까.

버몬트 농촌 지대 풍경

8월 17일, 부재중에 줄곧 방치해둔 것을 사과하는 의미에서 차를 세차장으로 가지고 가서 깨끗이 닦았다. 오일과 공기압을 체크하고, 주행 연습을 할 겸 버몬트 주로 짧은 여행을 떠나기로 했다. 보스턴에서 고속도로 93번을 따라 북쪽으로 올라가 북부 버몬트를 빙 돌아서 잠깐 캐나다로 들어가 주말을 피해 3일 정도만 머무른 다음 돌아왔다. 북부 버몬트는 아름답고 평화로운 농촌 지대로, 그 고장 사람들은 '노스이스트 킹덤north-east kingdom'이라는 다소 비민주적인 이름으로 부르고 있다. 어째서 그런 이름으로 불리게 되었는지 나로선 잘 알 수 없지만, 실제로 여행을 해보면 분명히 속 깊은 침착함 같은 것이 느껴지기도 한다. 미국이라는 나라는 자동차로 돌아다녀봐

숙박집 개

내가 숙박한 곳에서 기르던 개. 나는 이 개와는 꽤 친해
져서 근처의 야산을 함께 산책했다. 그러나 사이가 좋
아져도 개가 무슨 생각을 하는지 나로서는 잘 알 수 없
다. 이곳은 농장을 개축한 것으로, 뒷산에 크로스컨트
리 스키의 넓은 코스가 붙어 있다. 겨울이 되면 스키를
타러 와야겠다고 생각했지만 일이 바빠서 가지 못했다.

버몬트 주의 집오리

숙소 뒤쪽의 약간 높은 언덕 위에 연못이 있고, 그 기
슭에서 이 집오리와 만났다. 어느 날의 '집오리 온 나
힐'이다. 영어를 섞어서 만든 우스갯소리인데 전혀 우
습지가 않다. 만사가 다 이런 식이라니깐.

도 너무나 황량하게 넓어서 시각적으로 재미가 없는 곳이 많다. 하지만 이 근처는 어느 쪽인가 하면 유럽의 풍경과 비슷해 이동하는 것 자체가 상당히 즐거웠다. 기복이 완만한 구릉지로 숲이나 강, 목장, 호수가 차례차례로 등장해서 싫증이 나지를 않는다. 정체도 없고 신호도 거의 없고, 커브의 구부러진 정도가 꼭 토스카나풍이라 자동차로 여행하는 데는 참으로 이상적인 곳이다. 내 코라도도 일단 유럽 태생이니까, 아무래도 이런 풍토 지형이 몸에 맞는 모양이다. 오래간만에 자신의 성능을 자랑하며 싱글벙글 기뻐하고 있었다. 나흘 동안에 780마일 (1,250킬로미터)을 달리고 그것에 소요된 휘발유값이 40달러였다(물론 하이옥탄으로). 정말 비교가 되지 않을 정도로 저렴한 가격이다. 일본식으로 말하면 킬로미터당 3엔 정도라는 계산이 나온다. 고속도로 요금은 전부 합쳐서 75센트밖에 안 될 정도로 싸다. 이렇게 보면, 일본을 자동차로 여행한다는 건 정말로 불합리한 행위라는 것을 절실히 느끼게 된다. 도쿄의 수도고속도로 같은 곳은 완전히 칼만 들지 않은 강도라는 생각이 드는데, 그렇게 생각하지 않는가?

버몬트에는 소박한 시골풍의 여관이 많이 있어서 그런 여관에서 묵으며 돌아다니는 것도 여행의 즐거움 중 하나다. 어쨌든 미국이니까, 토스카나에서처럼 둘이 먹다가 하나가 죽어도 모를 정도로 음식이 맛있다고는 할 수 없지만, 재료가 신선하고 공기도 깨끗해서 자신도 모르는 사이에 배가 고파지기 때문에 맛있게 먹을 수 있다. 다만 버몬트는 유제품과 메이플시럽이 특산품이기 때문에, 맛있다면서 자꾸 먹으면 확실히 '정말로 아름답지 않게' 되어버린다. 실제로 버몬트에서 만난 여성 가운데 85퍼센트는 완전히 '헤비급 체형'이었다. 모두들 한결같이 푸짐하게 살이 쪘구나 하고 감탄하게 된다. 허리둘레 같은 것은 이불을 두르고 걸어다니는 게 아닐까 생각될 정도로 살이 쪄 있었다. 미국 여러 곳을 돌아다녀봤지만, 이렇게 살찐 사람이 많은 지방도 처음이다. 모두에게 미야모토 씨의 책을 권하고 싶을 징도다. 어쩌면 좋아서 살이 쪘는지도 모르겠지만. 우리는 될 수 있는 대로 깔끔한 채소 요리를 먹고 매일 점심을 걸렀지만, 그래도 식사는 꽤 양이 많았다. 여행하는 건 즐거운 일이지만, 나이를 먹게 되면 매일 외식을 하는 게 점점 힘들어진다.

여행 중에 읽을 만한 책을 찾는 즐거움

여행 중에는 그때 읽고 있던 팀 오브라이언의 신작 장편 《In the Lake of the Woods》를 가지고 다니며 읽었다. 이 소설의 일부는 전에 오브라이언의 낭독회에서 들은 적이 있어 대충

줄거리는 알고 있었다. '소서러(마술사)'라고 모두에게 불리는 한 베트남 귀환병이 상원의원 선거에 출마하지만, 전쟁터에서의 잔학 행위를 폭로당해서 정치생명이 끊기고, 그 뒤 자신을 바로잡기 위해 숲 속에 틀어박히는데, 그곳에서도 뜻밖에…… 라는 이야기로, 상당히 농밀하게 미스터리한 전개를 펼쳐 보인다. 재미있고 굉장히 잘 쓴 이야기지만, 좀 '지나치게 몰두하는' 경향이 있어서 일반적으로는 그다지 받아들여지기 어렵지 않을까 하는 느낌이 든다. 이 사람의 소설은 한 작품마다 교대로 인기를 끌거나 인기를 끌지 못하거나 하는 경향이 있다. 특별히 일반 사람들에게 받아들여지지 않아도 괜찮긴 하지만…….

오브라이언의 책을 모두 읽고 나니까 읽을 것이 없어져서 근처 헌책방에 가 이것저것 망설인 끝에(여행 중에 읽을거리가 떨어졌을 때는 문제가 심각하다) 1달러를 주고 토마스 만의 단편집을 샀다. 그 가운데 〈토니오 크뢰거〉를 읽기로 했다. 〈토니오 크뢰거〉는 아마도 중학교 때 읽었을 뿐이어서 줄거리도 제대로 기억이 나지 않았다. 어째서 그렇게 고리타분한 것을 읽으려고 생각했느냐 하면, 이런 특별한 기회가 아니면 앞으로 다시 읽을 기회가 없을 것 같았기 때문이다. 여관의 소파에 앉아 혼자서 조용히 토마스 만을 읽고 있으려니까, 불현듯 찡하게 마음에 와 닿는 것이 있었다. 현대라는 시점에서 다시 읽어보니 특별히 대단한 소설도 아닌 듯한 생각은 들지만, 그래도 역시 토마스 만의 작품답다.

버몬트는 주로 보스턴과 뉴욕 방면에 살고 있는 부유한 사람들이 별장에서 느긋하게 한여름을 보내러 오는 장소이기 때문에, 그 사람들을 고객으로 하는 서점이 상당히 많이 있다. 이런 작은 도시에 과연 서점이 있을까 하는 생각이 드는데도, 놀랄 만큼 책을 많이 갖춘 충실한 서점을 발견할 수 있다.

미국인에게는 1년 가운데 여름이야말로 최고의 독서의 계절이다. 해안에 가도 수영장을 가도 산의 피서지에 가도, 누구나 나 두꺼운 책을 펼쳐놓고서는 어이가 없을 정도로 열심히 읽고 있다. 《에스콰이어》지도 여름이 되면 항상 '여름 독서' 특집을 낸다. 미국인에게 "무엇 때문에 당신은 지긋지긋하게 무더운 여름에 그렇게 책을 열심히 읽는 거죠?" 하고 물어보면, 모두들 의아스러운 얼굴을 하며 이렇게 대답한다. "글쎄, 여름에는 긴 휴가도 있고, 그때 평소에 시간이 없어서 읽지 못했던 책을 읽는 것은 당연한 일 아닌가."

일본의 경우에는 가을이 독서의 계절이어서 여름에는 책이 팔리지 않는다는 게 통상적이다. 이것은 어쩌면 일본의 여름이 지나치게 덥기 때문에 집중해서 독서를 하기에는―아무리 여가가 있다 하더라도—어렵기 때문일지도 모른다. 이처럼 문화라는 것은 여러 가지로 미세한 부분에서 조금씩 차이가 생겨나는 법이다. 어쨌든 미국에서는 여름에 책이 잘 팔리고 당연히 피서지나 관광지의 서점이 번창하게 된다. 그 서점들은 대부분 신간 전문점이 아니고 헌책방이다. 사람들은 읽고 난 책을 그 서점에 팔고 새로운 책과 교환해간다. 이렇게 해서 이른바 '익스체인지exchange'라고 불리는 서점이 생겨나고 많아진 것이다.

그런 피서지의 서점에 들어가서 몇 시간을 들여 천천히 책을 고르는 것은 즐거운 일이다. 그런 서점에서는 대개 클래식 전문의 FM 방송이 낮게 흐르고 있고, 구석에 있는 의자 위에 커다란 고양이가 낮잠을 자고 있고, 안경을 쓴 여성이 가게를 지키고 있다.

그곳에 들어가면 그녀는 생긋이 미소를 지으며 뜸을 들이다가 느릿한 억양으로 "헬로, 하우 아 유?" 하고 인사한다. 내가 고양이의 머리를 쓰다듬으면 "그 고양이 이름은 ×××라고 해요" 하고 가르쳐주기도 한다. 모든 것이 작년 여름부터 계속되고 있는 환영처럼 보인다. 꽤 쓸 만한 풍경이다.

스컴백,
오르간 · 새즈의
즐거움

미국 소설을 번역하며 생각하는 것

　　　　　　　　얼마 전에 커다란 쇼핑센터의 주차장에서 일어난 일이다. 나도 모르게 우선차로가 아닌 곳에서 차를 먼저 진입시켰다가 우선 차로에 있던 서른 살 전후의 흑인 운전사한테 "유 스컴백You scumbag!" 하고 열린 창문으로 욕을 얻어먹었다. 분명히 내가 잘못했다. 그래도 변명하는 것은 아니지만, 지면의 하얀 선이 지워져 있어서 어느 쪽이 우선차로인지 알 수 없었다. 그렇게 핏대를 올리며 화를 낼 만한 일은 아닐 텐데.

미국에 살고 있으면 '퍽 큐fuck you'라느니 '배스터드bastard'라느니 '선 오브 비치son of bitch'라느니 '애스 홀ass hole'이라느니 '마더 퍼커mother fucker'라느니, 그러한 대중적인 욕지거리를 여기저기서 듣기 때문에 완전히 익숙해진다. 욕을 얻어먹어도 아무렇지도 않게 생각하게 된다. 그러나 이 '스컴백'이라는 말은 물론 알고는 있었지만 실제로 얼굴을 맞대고 들은 것은 처음이었기 때문에 약간 움찔했다. '뭐, 스컴백?'

'스컴'은 쓰레기란 뜻이니까 문자 그대로 말하면 '쓰레기 자루'라는 말이다. 사전을 찾아보니까 '무가치하고 도덕심이 없는 자들에게 던지는 모멸의 말, 또는 콘돔'이라고 쓰여 있었다. 아, 그렇구나. 나는 무가치하고 도덕심이 없는 놈이란 말이구나. 이전부터 어쩌면 그런 녀석이 아닐까 하고 생각하고는 있었지만……. 그러나 별로 들어보지 못한 이런 새로운 말(물론 나에게 그렇다는 얘기다)로 욕을 얻어먹으면 그다지 나쁜 느낌이 들진 않는다. 조금 진귀한 곤충을 발견한 것 같은, 혹은 지금까지 구할 수 없었던 야구 카드를 운 좋게 손에 넣은 것 같은 기분이 든다. 미국에서나 일본에서나 마찬가지지만, 세간의 지저분한 말, 황폐한 영혼을 채집하고 싶으면 도시에서 차창을 내리고 차를 운전하면 된다.

우리 집에서 가장 무거운 책인 《랜덤하우스 영어사전》(영어판, 아무튼 엄청나게 무겁다)을 힘들게 집어 들고 페이지를 들춰보니까 이 '스컴백'이라는 단어가 생겨난 것은 1965년부터 1970년 사이라고 쓰여 있었다. 그렇다고 해서 그 말이 고색창연한 취향의 말이라는 것은 아니다. 차라리 정신을 차리고 주위를 둘러보면 이 '스컴백'은 현재 일상에서 욕지거리로 상당히 많이 쓰이고 있는 것 같다. 가령 내가 얼마 전에 비디오로 본 영화 〈킬러 나이트〉에서는 두 차례, 브렛 이스턴 엘리스의 신작 소설 《밀고자들The Informers》에서도 한 차례 나왔다.

그런데 미국 소설을 번역하면서 항상 생각하는 거지만(그리고 또 현실적으로 골머리가 아픈 문제가 되지만), 이런 욕지거리를 직접 일본어로 번역하는 게 간단하지가 않다. 예를 들면, 이 '스컴백'은 내가 애용하는 겐큐사의 《리더스 영일사전》에서는 '지저분한 사람'으로 되어 있다. 물론 그건 확실히 틀린 의미는 아니지만, 그대로 번역에 사용할 수는 없다. 이러한 경우 일본어에서 간접화법으로 사용하는 모욕적인 말로는 "바보 같은 놈!" 정도다. 정말로 영어의 다양한 욕지거리 표현에 맞을 만한 말이 일본어에는 그다지 없다는 말이다. 나에게 그 이유를 물어온다면 곤란하다…… 어쨌든 일본어에는 그런 표현이 없다. 고전 만담 같은 것을 듣거나 혹은 나쓰메 소세키의 《나는 고양이로소이다》 같은 것을 읽으면, 옛날 일본어의 경우 욕지거리의 어휘가 상당히 풍부한 것 같다. 하지만 유감스럽게도(아니 유감스러운지 어떤지는 잘 모르겠지만) 지금은 그렇지가 않다.

욕설에 관한 나의 빈약한 경험만을 가지고 이야기한다면—

물론 경우에 따라 다르지만—군이 말을 줄여 정직하게 번역하지 않는 것이 정답에 가까운 게 아닐까 하는 느낌이 든다. 문맥에 따라 적당히 나누어 넣든가, 또는 세밀한 말투로 암시할 수밖에 없는 경우가 많다. 번역소설, 특히 추리소설 같은 걸 읽고 있으면 '이 멍청한 미친 놈'이라든가 '머리가 돈 녀석'이라든가 '벽창호'와 같은 자못 억지로 일본어로 대체한 것 같은 욕지거리에 이따금 부딪치는 경우가 있다.

나는 그때마다 가슴이 철렁한다. 그런 말은 실제로는 아무도 사용하지 않는다. 그렇지 않은가? 내가 만일 도쿄 시내에서 반대편 차선에서 달려오는 차의 운전사에게 "이 멍청한 미친 놈!"이라는 욕지거리를 얻어먹었다면 이땠을까? 아마 나는 깜짝 놀라서 그대로 전신주에 차를 부딪치고 말 것이다. '비치bitch!'를 '이년'이라든가, '갈보'라든가, '화냥년'이라고 번역하는 것도 될 수 있으면 그만둬주기 바란다. 옛날 활극 영화도 아닌데, 지금 실제로 그런 말을 했다가는 모두의 웃음거리가 될 것이다.

그러한 이유로 나는 '선 오브 비치'와 '마더 퍼커'를 하나의 '번역 용어'로(즉 '카운터 컬처'라든가 '버추얼 리얼리티'처럼) 정착시키는 운동을 개인적으로 전개하고 있다. 그렇게 하면 군이 일본어로 무리해서 옮겨놓지 않아도 되니까. 간단히 줄여서 '선 오

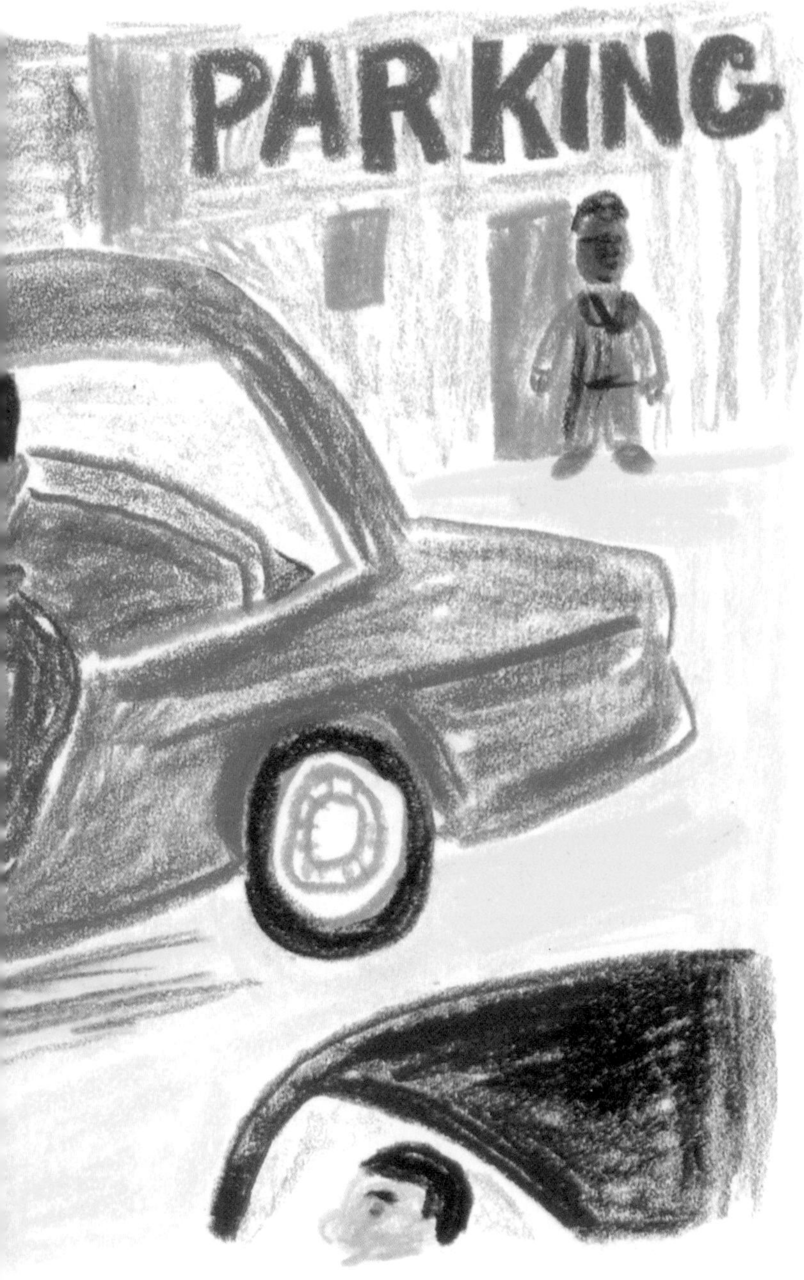
PARKING

브 마더 보급 운동'에 협력해주시면 감사하겠다. 약간 어려운 것은 '선 오브 비치'의 복수형인데, 이것은 '선스 오브 비치스'가 되니까 손쉽게 정착시키기는 어려울 것이다. 난처한 일……이라고까지 말할 정도의 것은 아니지만.

욕지거리가 아닌 말 중에 '허니honey'라는 호칭도 그대로 일본어로 사용하고 싶은 영어 중 하나다. 그리고 '메이크 러브 make love 하다'도 될 수 있으면 그런 범주에 슬그머니 집어넣고 싶다. '사랑을 나눈다'는 번역으로는 역시 어딘가 어감이 미흡하기 때문이다. 하지만 이건 어디까지나 번역 문장에 한정된 제안이니까 오해하지 말아줬으면 좋겠다. 시부야 부근에서 "이봐 허니, 메이크 러브 하지 않을래?" 하고 젊은이가 아가씨에게 씩씩하게 말을 걸고 있는 광경은, 솔직히 말해서 그다지 상상하고 싶지 않다. 그 소리를 들은 머리가 약간 돈 아가씨 쪽도 "그래? 메이크 러브 정도라면 뭐, 괜찮지" 하고 대답하는 것도 우스운 일이다. 그러나 실제로 있을 수도 있겠다, 이런 일은. 생각만 해도 소름끼치는 일이긴 하지만.

그건 그렇다 치고, 브렛 이스턴 엘리스의 신작은 상당히 재미있었다. 읽고 있을 때는 '이게 뭐야! 페이지를 들춰도 들춰도 같은 내용이 계속될 뿐이잖아!' 하고 투덜거렸지만(이것은 《아메리칸 사이코》 때도 그랬다), 전부 읽고 나면 뒤에 남는 일종의 막막한 허무감이나 감정의 물기라고는 전혀 없는, 미래의 가상현실에서나 있을 것 같은 슬픔을 느낄 수 있다. 이는 틀림없이 이 작가만이 자아낼 수 있는 것이다. 역시 재능 있는 작가라고 생각한다. 특히 그러한 테크닉이 의도적인 것인지 아닌지 그 경계를 독자로서는 전혀 알 수 없다는 점이 말할 수 없이 두렵고 위대하다. 그러한 경향은 1920년대의 스콧 피츠제럴드와 약간 닮은 것 같다. '온몸을 산화시켜가면서 시대를 그리는 작가'라는 것이 내가 엘리스에게 부여한 문안인데, 다른 사람들은 어떻게 생각할지 모르겠다. 그리 어려운 영어가 아니니까 흥미가 있는 사람은 원어로 읽어도 좋을 것이다. 그렇게 해야 작가가 말하려는 바가 더 질 전해져온다. 장章마다 화자話者가 바뀌기 때문에 어조의 변화에 익숙해질 때까지 시간은 좀 걸리지만, 구조에 익숙해지면 비교적 쉽게 읽을 수 있다.

나는 언젠가 뉴욕의 한 디너파티에 참석한 적이 있는데, 우연히 엘리스 씨 옆에 앉게 되었다. 그때 꽤 오랫동안 그와 개인적인 얘기를 나누었다. 옷차림은 소설의 분위기와 마찬가지로 진짜 멋진 여피였지만, 그다지 시끄럽게 떠들어대는 타입은 아니었다. 사실 그의 소설과 마찬가지로 그가 정말로 무슨 생각을 하는지, 혹은 무엇을 느끼는지 나로서는 가늠하기 어려운 구석이 있었다. 그는 제이 매키너니와 나란히 거론되는 경우가 많지만, 매키너니와 엘리스는 여러 가지 점에서 대조적인 것 같은 느낌이 들었다. 매키너니는 기본적으로 직접적이고도 생각이 건강하지만, 엘리스는 좀 다르다는 얘기다. 물론 어디까지나 내가 받은 개인적인 인상에 지나지 않지만.

재즈 팬인 나에게 기쁘고 감사한 것

내가 살고 있는 매사추세츠 주 케임브리지 시내에는 썩 괜찮은 재즈 클럽이 두 곳이나 있다. 이건 재즈 팬인 나에게는 대단히 기쁘고 고마운 일이다. 뉴저지 주 교외에 위치한 도시 프린스턴에 살았을 때는 라이브로 재즈를 들으러 가는 것은 대단한 결심이 아니고서는 쉽지 않은 일이었다. 미국의 번화한 대도시에서 산다는 것은 마음고생도 그만큼 많이 따르지만, 이런 때는 매우 편리하다.

재즈 클럽 하나는 하버드 광장에 있는 '레가타 바'이고, 또 하나는 찰스 강을 보스턴 쪽으로 건너간 곳에 있는 '스컬러스'다. 두 군데 재즈 클럽 모두 커다란 호텔 건물 안에 있지만 생각보다 저렴한 요금으로도 일류 뮤지션들의 연주를 매일 밤 들을 수 있는 고급 재즈 클럽이다. 클럽의 분위기도 낯설지 않고 가벼운 식사까지 겸할 수 있다. 도쿄의 아오야마에 있는 모 '브××××'처럼 왠지 가축 열차에 탄 듯한 불편한 느낌으로 재즈를 듣는 일은 없다.

서비스도 나쁘지 않다. 미리 전화로 예약을 할 수 있고 주차장도 있어서 편리하다. 다만 손님 층은 거의 모두 서른 살 이상의 백인 커플로, 흑인 손님의 모습이 보이는 경우는 거의 없다. 그래서……라고 해야 하나, 객석의 분위기는 뉴욕의 재즈 클럽 같은 곳과 비교하면 고상하고 점잖은 편이다.

8월 29일, 이 '스컬러스'에 오르간의 지미 맥그리프와 알토의 행크 크로퍼드의 쌍두 콰르텟 연주를 들으러 갔다. (내친김에 말하자면, 이날 밤의 요금은 1인당 19달러로 음료수는 무료) 정말로 신바람 나는 생생한 연주여서, 충분히 즐길 수 있었다. 지금 미국에서 라이브를 듣는다면, 이런 유의 베테랑 '비非순문학계'의 흑인 재즈('헷헷헷! 노선'이라고 내가 멋대로 이름 붙인 거지만)가 가장 좋다는 내 학설이 여기서도 다시 증명되었다. 본래 리듬이나 음악적 콘셉트가 단순 명쾌하고 잔재주나 속임수가 없기 때문에, 이런 종류의 뮤지션들의 솜씨는 세월이 흘러도 좀처럼 무뎌지는 법이 없는 것 같다.

요즘에는 블루노트계 또는 프레스티지계의 이와 같은 1960년대의 '헷헷헷! 노선'이 일부 젊은이들의 주목을 받고 있는 것 같지만, 분명히 그 기분은 나도 이해할 수 있다. 하지만 최근 중고 레코드가게에서 루 도널드슨이나 셜리 스콧의 레코드

경매장에 진열되어 있던 빈티지 카

엄청나게 아름답지만 이런 차를 소유하게 되면 이 세상은 지옥이 될 것이다. 고장은 계속 나지, 부품은 없지, 휘발유는 많이 잡아먹고……

경매는 커다란 헛간 안에서 행해지고, 오래된 차가 마치 가축처럼 차례차례로 팔려나간다. 정말로 차를 소유하고 싶은 사람은 차가 헛간에 들어오기 전에 미리 차의 컨디션을 잘 살펴보고, 주인과 적당히 가격을 조정해두는 것 같았다.

가 한동안 비정상적인 높은 가격으로 거래되는 데 비하면, 행크 크로퍼드를 비롯한 애틀랜틱계 뮤지션의 재평가는 의외로 낮다는 생각이 든다. 그 이유는 모르겠다. 어째서일까?

이 맥그리프와 행크 밴드의 레퍼토리는 상당히 광범위해서, 이른바 1960년대 애틀랜틱풍의 펑크와 1950년대의 카운트 베이시 곡이 혼연일체로 뒤섞여 있다. 어느 쪽이냐 하면 행크가 전자의 지향이고 맥그리프가 후자의 지향 같은 느낌이다. 하지만 이 두 사람은 오랫동안 사귀어온 터라 호흡도 빈틈없이 잘 맞아떨어진다. 선곡 면에서도 위화감이 전혀 없다.

행크의 길게 이어지는 듯한 감미로운 여운의 깊은 가락도 좋고, 맥그리프의 톡톡 튀고 자유분방한 세로 가락도 기분 좋게 들린다. 어느 쪽이나 모두 각자의 개성이 그대로 뚜렷하게 소리로 표현된다는 게 뭐니 뭐니 해도 일품이다.

그날 밤 '스컬러스'에 온 손님 가운데에는 나이 지긋한 흑인 부부가 꽤 많았다. 《보스턴 글로브》지의 평에는 '밴드의 주도권을 잡고 있는 것은 역시 누가 뭐래도 맥그리프의 오르간이었다'고 쓰여 있었지만, 실제로는 그렇지 않았고(이 기자는 혹시 오르간의 바로 앞 테이블에 앉아 있었던 게 아닐까?) 행크의 알토는 옛날과 다름없이 신바람 나게 무대를 장식하고 있었다. 특히 듣기만 해도 그리운 감정이 드는 〈대디스 홈〉 같은 곡은 테마를 한 번 불기만 해도 객석의 탄성을 자아내며 눈물과 감동의 바다로 만들었다. 기가 막히게 훌륭한 연주였다. 그리고 엔딩곡은 두말할 것도 없이 명곡이자 명연주인 〈티치 미 투나잇〉.

박수, 또 박수였다!

그 감동이 미처 식기 전에, 이튿날 당장 하버드 광장의 '뉴베리 코믹' 레코드점에 가서 호화 박스에 CD 두 장이 한 세트로 들어 있는 행크의 베스트음반(24달러) 앨범을 사왔다. 지금 책상에 앉아 원고를 쓰면서 행크의 CD를 즐겁게 듣고 있다. 하지만 서른한 곡이나 계속해서 행크의 음악을 듣고 있자니까 약간 힘에 부칠 정도로 지루한 것도 사실이다. 아무튼 서른한 곡이나 되니까.

소설을 쓰고 있는 것,
스쿼시를 시작한 것,
또 버몬트에 갔던 것

아침 5시부터 밤 9시까지 소설 쓰기

　　　　　　　최근에는 소설을 열심히 쓰고 있기 때문에, 매일 아침 5시경에 일어나 작업에 몰두하다가 밤 9시가 지나면 침대에 들어가 잠드는 생활이 규칙이 되었다.

　나의 경우, 장편소설을 쓰고 있을 때는 아무래도 이 생활 형태가 가장 이상적인 패턴인지 언제나 대개 그런 식으로 되어버린다. 자연스럽게 졸음이 오고 자연스럽게 잠이 깬다. 물론 작가에 따라 각자 여러 가지의 작업 패턴이 있다. 언젠가 어떤 출판사가 소유한 산장에서 하시모토 오사무 씨와 일주일가량 함께 일을 한 적이 있는데, 매일 한 번 저녁식사를 하는 자리 말고는 거의 마주친 적이 없었다. 하시모토 씨는 밤 9시경부터 서서히 작업을 시작하고, 나는 대체로 그 시간대에는 잠자리에 드니까, 같은 시각에 저녁을 먹는 것 외에는 생체 시계가 완벽하게 엇갈렸던 것이다. 우리 두 사람이 교대제로 24시간 편의점이라도 경영하면 편리할지도 모르겠다.

나는 아침을 적당히 먹고 나서 대충 10시 반경까지 작업을 한다. 그러고 나서 대학 수영장에서 헤엄을 치든가, 주변 도로를 한 시간가량 달린 다음 점심을 먹는다. 오후에는 대개 기분 전환 차원의 일을 찾아 시간을 소비한다. 소설 이외의 작업(번역이라든가, 이런 유의 에세이라든가)을 하거나, 시내를 잠깐 산책하거나, 쇼핑을 하거나 혹은 사무적인 일상의 볼일을 처리하거나 한다. 저녁을 먹은 뒤에는 이따금 비디오를 보거나 영화를 보거나 하지만, 대개는 느긋하게 책을 읽으면서 음악을 듣는다. 아주 급한 사정이 없는 한 날이 저물면 작업은 진혀 하지 않는다. 요즘은 해가 지면 대개 긴 의자에 드러누워서 존 어빙의 화제의 신작《서커스의 아들A Son of the Circus》을 읽는데, 항상 그랬던 것처럼 아무튼 장대한 소설이다(다른 사람 얘기할 자격은 없지만). 이것을 언제 전부 독파할 수 있을지는 나 자신도 알 수 없다. 모두 읽고 나면 다시 여러분께 보고를 드리겠다. 하지만 엄청나게 길어서 언제가 될지는 나도 모르겠다.

아침에는 작업을 하기 때문에 음악을 집중해서 듣지 않아도 되는 클래식 CD를 틀어놓는다. 이른 아침에는 비교적 작은 음으로 들을 수 있는 바로크음악, 정오가 가까워지면 좀 더 후기 시대의 음악을 듣는 경우가 많다. 오후에는 기분 내키는 대로 재즈를 듣는다. 최근에 자주 듣는 것은 셰릴 크로Sheryl Crow와 어레스티드 디벨롭먼트Arrested Development의 새 CD다. 저녁을 먹기 전에 작은 맥주를 한 병 마시고(요즘에는 새뮤얼 애덤스의 크리미 스타우트나 하이네켄을 마시는 일이 많다), 그 뒤 소파에 앉아 스미노프 시트러스 보드카라는 독한 술에다 한 개 분량에 맞는 레몬 즙을 섞어 한 잔 마신다. 대개 그 정도를 마시면 졸음이 몰려와 잠자리에 들게 된다. 자기 전에 지나치게 많이 마시면, 아침에 일어났을 때 좀처럼 머리가 제대로 돌아가지 않는다. 그래서 의식적으로 마시는 양을 줄이려고 노력한다. 이른 새벽 시간은 나에게 매우 소중한 시간이기 때문에. 그리고 외식은 거의 하지 않는다. 물론 친구와 만나는 시간도 거의 없어진다.

　이런 식으로 소설을 쓰는 데 집중해 있으면 생활이 단순하고 규칙적이 된다. 따라서 예외적이고도 잡다한 요소를 일상 생활로부터 하나씩 배제시켜나갈 수 있게 된다. 일본에 있으면 여러 가지 잡무나 교제상의 체면 때문에 좀처럼 이 정도로까지 정확하게 규칙적으로 작업을 해나갈 수가 없다. (이를 무시하면 모가 나고, 모가 나면 어찌 됐든 일하기가 힘들어진다.) 하지만 외국에 있으면 규칙적인 생활이 가능하기 때문에 나로서는 그 편이 훨씬 큰 도움이 된다. 그렇기 때문에 장편소설을 쓰고 싶어지면 언제나 외국으로 훌쩍 떠난다. "그렇게 내향적으로 고독한 인생을 보내면서 도대체 뭐가 즐거운가?" 하고 묻는다면, 뭐라고 대답해야 할지는 모르겠다. 음, 하지만 어쩔 수 없는 일이다. 생활 방식이라는 것은 사람마다 모두 다르니까…….

그러나 매일매일 이런 내향적인 생활로 갇혀 지내다시피 있노라면, 솔직히 말해 내가 외국에서 살고 있다는 실감이 그다지 솟구쳐 오르지 않는다. 두말할 것도 없이 집 안에서는 아내와 계속 일본어로 대화를 한다. (영어에 능숙해지려면 부부끼리도 영어로 대화하라는 충고를 자주 듣지만, 너무 어색한 일이다.) 그러니 밖으로 나가 스쳐지나가는 사람이 모두 영어로 얘기하는 것을 듣고서야 "아, 참 그렇지. 여기는 미국이었지" 하고 새삼스럽게 실감하는 경우도 종종 있다. 매일 책상 앞에만 앉아서 소설을 부지런히 쓰고 있다면, 결국은 세계 어디에 있으나 마찬가지가 아닐까 하는 생각이 든다.

흔히 "미국에서 쓰는 것과 일본에서 쓰는 것하고는 완성된 소설이 상당히 다르겠죠?" 하고 질문하는 사람이 있는데, 글쎄 어떨까, 두드러질 만큼의 차이는 나지 않을 것이다.

인간이라는 것은, 특히 나 정도의 나이가 되면, 사는 방식이나 글을 쓰는 방식이 장소에 따라 크게 달라지지는 않기 때문이다. 특히 내 경우는 '외국에 살고 있으니까 외국을 무대로 한

캐빈 피버

버몬트의 농가 뜰 앞에서 채소를
직판하고 있는 곳. 굉장히 싸기 때
문에 여러 가지를 한꺼번에 사가지
고 돌아왔다. 버몬트에서는 겨울
동안에 자살이나 살인 건수가 굉장
히 많아진다고 한다.

눈 때문에 집 안에 갇혀 있어서 음
울한 기분이 되기 때문인데, 이것
을 일반적으로 '캐빈 피버cabin fever'
라 부른다.

작품을 쓴다'라는 것도 아니지 않는가.

게다가 나는 오랫동안 인생의 대부분을 이사 마니아 같은 방랑 생활로 보내왔기 때문에(특별히 내가 원해서 그런 것은 아니지만), 다른 사람과 비교하면 장소의 이동으로 인한 장애는 별로 없다. 생각해보면, 지금까지 내가 쓴 각각의 장편소설은 전부 다른 장소에서 집필되었다.

《댄스 댄스 댄스》라는 소설의 일부는 이탈리아에서 쓰고 나머지 일부는 런던에서 썼지만, 어디가 다르냐는 질문을 받으면 대답할 방법이 없다.《상실의 시대》(원제: 노르웨이의 숲)는 그리스와 이탈리아를 왔다 갔다 하면서 썼는데, 어느 부분을 어느 장소에서 썼는지는 거의 기억이 나지 않는다. 스콧 피츠제럴드는《위대한 개츠비》의 대부분을 남부 프랑스에서 썼다. 이 뛰어난 미국 소설에 대해서, 작가의 집필 장소를 지금 와서 새삼스레 신경 쓰는 사람은 없을 것이다. 소설이라는 것은 그런게 아닐까?

심한 경우에는, 미국에서 오랫동안 살게 되면 일본어를 사용하는 게 이상해질 것이라고 단정하는 사람조차 있다. 분명히 새로운 유행어 같은 것과는 거리가 멀어지겠지만, 그런 것을 모르더라도 별로 큰 지장은 없다. 애당초 일본에 살고 있을 때에도 유행어 같은 것은 거의 모르고 지내왔다. 게다가 기껏

해야 4년이나 5년 동안 나라를 떠나 있었다고 해서 모국어가 아리송해진다면 작가라고 할 수 없을 것이다. '뭐 조금은 일본어가 서툴러져도 그건 그것대로 괜찮지 않겠어' 하고 개인적으로 생각한 적도 있지만.

천국이라고 할 만한 체육시설

달리기나 수영을 하는 것 외에, 최근에는 대학 동료인 찰스와 함께 일주일에 한 번 스쿼시를 하게 되었다. 나는 오랫동안 달리기나 수영과 같은, 묵묵히 혼자서 계속할 수 있는 스포츠만 해왔다. 그런데 찰스가 "괜찮다면 스쿼시를 가르쳐줄게"라고 해서 좋은 기회라 생각하고 배우기로 했다. 스포츠용품점에 가서 스쿼시 라켓과 전용 운동화를 사왔다. 내가 소속되어 있는 터프츠 대학에는 훌륭한 스쿼시 코트가 일곱 개나 있어서 무슨 특별한 행사가 있지 않는 한 텅텅 비어 있었다. 게다가 누구나 예약 없이 자유롭게 사용할 수 있어서 굉장히 좋았다. 물론 사용료는 당연히 무료. 스쿼시는 대충 벽에 대고 치는 테니스를 발전시킨 것이나 마찬가지니까, 마음이 내킬 때 혼자서 조금씩 연습을 할 수 있어서 부담도 없는 편이다.

미국의 대학에 소속되어 있어서 좋은 것 중 하나는 그다지 혼잡하지 않은 체육관이나 그밖의 훌륭한 체육 시설을 마음껏

이용할 수 있다는 것이다. 도쿄 근교에 소재한 민간 스포츠 클럽의 혼잡스러움과 비싼 회비를 생각하면, 여긴 그야말로 천국이라고 해도 좋을 것이다. 수영장도 시간만 잘 선택하면 대개의 경우 25미터 레인 하나를 혼자 독차지하고 마음대로 사용할 수 있다. 나는 지금까지 살아오면서 어떤 조직에도 소속된 적이 없었기 때문에, '소속되는 것의 기쁨'을 즐길 수 있는 동안에 실컷 즐겨두자고 생각한다.

미국에 거주하는 대부분의 일본인은 학교에 다니면서 영어를 열심히 공부하고, 미술관이나 박물관을 부지런히 찾아다니지만, 그에 비해 체육관을 적극적으로 이용하는 사람은 그다지 많지 않다는 통계를 어디선가 본 적이 있다. 만일 그게 사실이라면, 꽤 괄목할 만한 일이 아닐 수 없다. 그런데 내 경우를 가만히 생각해보니까, 케임브리지에 살게 되고 나서부터 미술관에 간 적이 단 한 번밖에 없다. (유명한 보스턴 미술관이었다. 사실 솔직히 말하면, 그다지 재미는 없었다.)

스쿼시는 아무튼 스피드가 있는 경기라서 조금만 움직여도 땀투성이가 된다. 보통 때는 사용하지 않던 근육을 심하게 쓰다 보니까, 처음 몇 주일간은 허벅지나 허리 근육이 못 견딜 정도로 쑤셨다. 하지만 볼의 바운드에 익숙해지자 몸을 움직이는 요령을 점차 터득할 수 있었다. 한 시간가량 땀을 쫙 흘리고 나서 샤워를 하고 집으로 돌아와, 새뮤얼 애덤스의 스타우트 맥주를 마시면 정말 기가 막히게 맛있다.

교통 표어 없는 미국의 고속도로

9월 24일, 버몬트 출신의 타라가 아이를 데리고 친정에 갈까 하는데, 그때 잠깐 놀러 오는 게 어떻겠느냐며 초대해주었다. 그래서 여름에 이어서 다시 버몬트로 짧은 여행을 가기로 했다. 잠깐이라곤 해도, 거리를 따져보면 우리 집에서 편도 300킬로미터나 되는 곳이다. 하지만 때마침 단풍이 아름다운 계절이기도 하고 꽤 오랫동안 집에 틀어박혀 소설 집필에만 몰입해왔기 때문에, 기분 전환도 할 겸 자동차로 떠나기로 했다. 사실 지난번 여행 이후로 버몬트가 굉장히 마음에 들었다.

아침 일찍 보스턴을 떠나 고속도로로 들어가 북쪽으로 향했다. 미국에서는 주마다 교통법규가 달라서, 매사추세츠 주를 벗어나자 최고 속도가 시속 55마일에서 65마일로 늘어났다. 이것은 80마일까지는 실제로 괜찮다는 얘기다. 킬로미터로 환산하면 시속 약 128킬로미터다. 도로가 한산하면(대부분 한산하다) 운전하는 데 상당히 기분이 좋다. 게다가 미국의 고속도로에서 가장 마음에 드는 점은 그 추악하고 어리석기 짝이 없는 교통 표어가 하나도 없다는 점이다. 시원하게 앞이 탁 트여서 매우 기분 좋다. 이 문제는 이전부터 내가 끈질기게 역설해왔지만, 도대체 '교통사고 제로를 지향하자'는 식의 현수막 하나를 걸어놓는 정도로 과연 세상의 교통사고가 한 건이라도 줄어드는 걸까? 그런 아무 의미도 없는, 전혀 쓸모없는 짓을 아까운 시간과 돈을 들여서 거창하게 도로에 걸어놓는 그 신경 구조를 나는 잘 이해할 수 없다. 쓰여 있는 문구도 대개의 경우 센스가 없어서, 읽고 있으면 불쾌해지기만 한다. 군이 미국이 일본보다 잘났다고 두둔하는 건 결코 아니지만, 적어도 미국인은 교통 표어를 만들지 않는다는 점에서 일본인보다 훌륭하다.

타라의 집 뜰에는 깨끗한 강이 흐르고 있고, 강 위에 가정용 현수교(양쪽에 굵은 줄이나 쇠사슬 등을 건너질러 매달아놓은 다리—옮긴이)가 걸려 있다. 강에서는 송어도 잡히고 산에서는 이따금 말코손바닥사슴이 내려온단다. 꽤 시골 정취가 넘쳐흐르는 곳이다. 여름이 되면 가족끼리 산 위의 비밀 호수로 올라가서, 모두 벌거벗고 헤엄을 친다고 했다. 건강하고 씩씩한 일가였다. 아버지와 어머니 둘이서 살고 있는데, 마침 그곳에 그녀의 언니도 놀러 와 있어서, 저녁때 어머니가 손수 만든 맛있는 채소 요리를 얻어먹었다.

타라는 고교 시절에 교환학생으로 1년간 일본에 머물렀던

적이 있는 친구였다. 일본에서 "나는 버몬트에서 왔습니다" 하고 자기소개를 할 때마다 사람들이 늘 "아아, 그 카레의 버몬트군요" 하고 말을 하는 바람에 처음에는 깜짝 놀랐다고 한다. 그야 물론 놀랐을 거다. 미국인으로서는 버몬트 주와 카레를 아무리 결부시키려고 해도 결부시킬 수 없을 테니 말이다. (예를 들면, 시가 현과 연어알 덮밥을 결부시킬 수는 없잖은가.) 미국인에게는 버몬트라고 할 때 떠오르는 건 '달과 스키장과 아이스크림'이다. 분명히 사과와 벌꿀은 이 근처의 명물이지만 그렇다고 해서 실제로 버몬트에서 '사과와 벌꿀이 들어간' 카레를 먹고 있는 사람의 모습은 우선 찾아볼 수가 없을 것이다.

덧붙여 말한다면, 안자이 미즈마루 화백은 카레를 엄청 좋아한다. "카레라면 일주일 계속 먹어도 좋다"고 큰소리를 칠 정도로 말이다. 안자이 씨만큼 열정적이지는 않지만 나도 카레를 꽤 좋아한다. 미국에 살고 있으면 가끔 메이지진구마에에 있는 음식점 '기'의 매운 카레가 먹고 싶어진다.

보스턴에는 본격적인 인도 음식점이 많이 있어서 나도 이따금 카레를 먹으러 가지만, 일본의 카레와는 느낌이 약간 다른 것 같다. 일본에 있는 카레 전문점의 카레는 이상하게도 자꾸 생각나게 하는 매력적인 데가 있다.

또 고깃집에서 파는 크로켓도 역시 마찬가지다. 뜨겁게 갓

튀겨낸 크로켓을 고깃집에서 사가지고, 그걸 옆의 빵집에서
산 식빵에 끼워 넣어 공원의 벤치에 앉아서 그대로 후후 불어
가면서 먹는 기쁨은 일본에서밖에 맛볼 수 없다. 정말로 그립
다. 먹고 싶다.

통신판매 이것저것,
즐거운 고양이의
'먹기 자기 놀기' 시계

내 마음에 든 통신판매 상품들

나라가 넓은 탓인지 미국에서는 통신판매가 성행하는데, 일단 익숙해지면 상당히 편리하고 즐거운 일이다. 카탈로그를 체크해서 무료 전화로 주문을 하면 대충 사흘 정도면 'UPS'라든가 '페덱스'로 물건이 바로 배달된다. 신용카드에서 공제하기 때문에 지불 방법도 매우 간단하다. 보내온 물건이 마음에 들지 않으면 운송 회사를 불러서 그대로 다시 돌려보내면 된다. 까다로운 일은 아무것도 없다. 내가 알고 있는 미국 여성 중에는 통신판매로 파티용 드레스를 주문해서 그것을 입고 파티에 갔다가 그다음 날 '마음에 들지 않는다'고 하면서 그냥 반품해버리는 사람도 있다. 물론 이를 좋다고 볼 수는 없다.

일단 이런 통신판매 생활에 익숙해지면, 일부러 다운타운까지 외출해서 여기저기 상점을 구경하고 돌아다니는 것이 점점 귀찮아진다. 미국의 경우에는, 도쿄의 신주쿠라든가 긴자에서처럼 무엇이든지 모두 갖춰져 있는 게 아니기 때문에 더욱 그러하다. 여기저기로 걸어 돌아다니지 않으면 안 되고, 가게와 가게 사이의 거리가 떨어져 있고, 자동차를 세워둘 장소를 찾는 것도 간단하지 않다. 쇼핑을 한다는 것 자체가 굉장히 고단해지는 것이다. 한번 고객 등록을 하면 매달 여러 회사에서 깨끗한 통신판매 카탈로그를 계속 보내주기 때문에, 그것을 들춰보고 있기만 해도 지루하지가 않을 정도다.

어쨌든 내가 지금까지 통신판매로 사서 마음에 든 물건은 다음과 같다.

(1) 우선 L.L.Bean에서 산 실내용 대형 목재 빨래건조대. 밖에서 세탁물을 말릴 수도 없고 그렇다고 해서 건조기를 사용하는 건 그다지 좋아하지 않기 때문에, 실내 빨래건조대는 나에게는 필수품이다. 특히 이 건조대는 잔뜩 빨래를 널 수 있기 때문에 꽤 자주 애용하고 있다. 게다가 플라스틱이나 금속제로 만든 그야말로 건조대다운 느낌만 드는 것과 비교하면, 왠지 모르게 시골의 자연스러운 느긋한 느낌이 들어 방 안에 놓아두어도 미관상 그리 나쁘진 않다. 오늘은 날씨가 좋으니까

라이 쿠더라든가 니티 그리티라도 들으면서 잠깐 세탁물이라
도 말려볼까, 하는 느긋한 심정이 된다……라고 하면 약간 과
장이 심하다고 할까? 어쨌든 그리 나쁜 기분은 아니다. 가격은
38달러. 보통 그 근처에서 팔고 있는 빨래건조대와 비교하면
다소 비싼 편이지만, 매일 사용하니까 그 정도의 사치는 허용
해도 좋을 것 같다. 다만 L.L.Bean의 상표는 어디에도 붙어 있
지 않기 때문에 브랜드를 좋아하는 사람에게는 별로 성에 차
지 않을지도 모르겠다. L.L.Bean의 물건 중에서, 나는 그밖에
도 노트북 컴퓨터용 소프트 케이스를 애용하는데, 이것도 꽤
편리하다. (이건 제대로 상표가 붙어 있다.)

(2) 잡지 《뉴요커》의 광고에서 보고 주문한 고양이 손목시
계. 글자판의 숫자 대신에 '먹기' '자기' '놀기'라는 세 마디의
말이 되풀이해서 나온다.

생각해보면 이노우에 요스이의 옛날 광고와 완전히 똑같다.
가격은 60달러 안팎이었던 것 같다. 벌써 2년 이상이나 사용
하고 있는데 시간도 매우 정확하다. 쓸데없는 기능이 전혀 붙
어 있지 않기 때문에 사용하는 데 편리하기도 하다. 굉장히 마
음에 드는 물건이라 언젠가 다른 사람한테 선물하려는 생각으
로 두 개나 사고 말았다.

'먹기, 자기, 놀기' 고양이 손목시계의 실물

시계를 보고 있기만 해도 왠지 마음이 느긋해진다. 안달해봤자, 기껏해야 이것이 인생 아닌가 하고 생각하게 만든다. 아마도 안자이 화백의 경우에 는 '그리기, 술 마시기, 자기' 시계가 될 것이다.

커피 테이블

L.L.Bean의 빨래건조대

이 시계를 차고 거리를 걷고 있으면 반드시 누군가가 알아보고 "이야, 재미있는 시계를 차고 있군요" 하고 말을 걸어온다. (미국인은 정말로 부지런하게 말을 걸어오는 인종이다.) 그리고 누구나 다 "그렇죠. 먹는다eat, 잔다nap, 논다play, 그것이 인생이네요……" 하고 한숨을 섞어가며 말한다. 그런 생각은 세계의 어디서나 대체로 같은 모양이다. 생각해보면, 그 세피로의 광고역시 어쩌면 미국에서도 꽤 인기를 끌었을지 모른다.

《뉴요커》의 편집자를 만났을 때 이 시계를 보여준 적이 있다. "이것은 당신네 잡지의 광고를 보고 주문한 건데 굉장히 마음에 들어요" 하고 내가 말하자 그가 "가격이 얼마였지요?" 하고 물었다. "60달러요" 하고 대답했더니 "그 시계는 틀림없이 원가가 25달러쯤이었을 거예요" 하고 웃는 것이었다. '이봐요, 본인이 일하는 잡지에서 광고를 내놓고 그런 말을 하면 어떻게 해요' 하는 생각이 들었지만, 곰곰이 생각해보니 《뉴요커》도 꽤 이상한 광고를 게재하고 있는 셈이었다. 하지만 적어도 이 고양이 손목시계는 시간도 정확해서 나로서는 누구에게나 권하고 싶은 물건이다.

나는 평소에(라고나 할까, 요컨대 구두쇠처럼 보이겠지만) 1만 엔 이상 되는 시계는 사지 않는 대신에 싸구려 시계는 잔뜩 갖고 있다. 덕분에 서머타임과 윈터 타임이 교대될 경우에는 일일이 시간을 앞당기거나 늦추거나 하는 일이 굉장히 귀찮아질 때도 있다. 그러나 서랍에 하나 가득인 손목시계를 내버려두었다가 그날그날의 기분에 따라 시계를 바꿔 차는 것도 재미있는 일이다. 시계라는 건 아무튼 시간만 맞으면 된다고 생각하고 있다. 그래서 고작 손목시계에 20만 엔이나 30만 엔의 돈을 내는 사람의 심정을 나는 전혀 이해할 수 없다.

언젠가 4,000엔쯤 주고 산 '고양이 펠릭스' 시계가 굉장히 마음에 들었는데, 붙어 있는 벨트가 마음에 들지 않아서 5,000 엔가량 하는 가죽 벨트로 바꾼 적이 있다. 지금 와서 생각해보면, 일시적 기분으로 내 이제까지의 인생 중에서 1, 2위를 다툴 만한 사치스러운 행동이었다. 예컨대 미네랄워터로 이를 닦는 것 같은 느낌일까. 별로 대수로운 일도 아니라고 한다면 물론 그렇겠지만, 그러나 그 나름대로의 결단이라는 게 늘 필요하게 마련이다.

(3) 이것은 통신판매로 구입한 건 아니지만, 뉴햄프셔의 한 도시를 지나가다가 아울렛 점포 옆에 있는 고물상에서 우연히 발견한 약간 이상한 모양의 커피 테이블. 잡지꽂이와 커피 컵 받침이 하나로 되어 있다. 1930년대의 것으로, 재질도 나쁘지 않고 꽤 단단하게 만들어져 있다. 1936년에 발행된《백과

사전》 두 권을 끼워서 125달러에 샀으니까, 상당히 싼 가격이라고 할 수 있다. 실제로 이 커피 컵을 얹는 받침 붙은 잡지꽂이가 일상생활에서 도움이 되고 있느냐 하면 음, 글쎄, 그다지 도움이 되는 것 같진 않다. 하지만 방에 들여놓았을 때의 분위기는 자연스러운 데다가 꽤 괜찮았다. 이 고물상에서는 그것 말고도 거울이라든가 여러 가지 물건을 샀다. 모두 상당히 값이 싸서 시험 삼아 2퍼센트가량 값을 깎아보았다. 그랬더니 주인아저씨는 "좋아요, 뭐든지 좋을 대로 가져가요" 하고 장사할 생각이 전혀 없다는 듯이 값을 뭉텅뭉텅 깎아주는 것이다. 그 맛에 두 달 뒤에 다시 들렀더니, 가게가 없어져버렸다. 그때 다른 물건들도 좀 더 많이 사둘 걸 그랬다.

감색 운동화에 쏠리는 시선

쇼핑 이야기를 계속해보자.

얼마 전 하버드 광장 근처를 어슬렁어슬렁 지나가다가, 할인 중인 잭퍼셀 스니커 가게를 보았다. 내친김에 감색 운동화를 20달러쯤 주고 사왔다. 옛날부터 봐왔던 지극히 평범한 잭퍼셀이었다. 특별히 잭퍼셀이란 브랜드에 대한 남다른 애정이나, 사고 싶다는 생각이 있어서가 아니라 그냥 값이 쌌기 때문에 얼떨결에 산 것이었다. 이런 것은 아마 일본에서도 쉽게 살 수 있을 것이다. 그러나 그 운동화를 사고 난 다음 날부터 나는 한동안 이상한 경험을 하기 시작했다. 여러 사람들이 그 운동화를 쳐다보고 나서 말을 걸어왔던 것이다. "아아, 이거 잭퍼셀 아닙니까? 이런 걸 어디서 찾아냈어요?" 하고 말이다. 그 말을 듣고 나는 깜짝 놀랐다.

우선 우리 집에 짐을 배달하러 오는 페덱스의 젊은이가 현관에서 그 운동화를 보았다. 그리고 미용실 점원도 같은 질문을 해왔다. 처음 보는 사람들도 길거리에서 질문을 한다. (정말로 남에게 말을 잘 거는 사람들이다.) "나도 옛날에 똑같은 감색 운동화를 갖고 있었어요. 다시 보니 정말 반갑네요. 어디서 팔고 있는지 좀 가르쳐주세요." 나는 물론 모두에게 친절하게 가르쳐주긴 했다. 하지만 어째서 미국에서(적어도 보스턴에서) 잭퍼셀의 감색 스니커가 모두에게 이처럼 신기하게 보이는지, 전혀 이해가 가지 않았다. 정말로 여우에게 홀린 느낌이었다. 그야 물론 영문도 알지 못한 채 날아오는 돌멩이를 맞는 것보다는 훨씬 낫지만.

어쩌면 내가 모르는 사이에 잭퍼셀은 생산 중지 처분 같은 것을 받은 걸까? 만일 그간의 사정을 알고 있는 사람이 있다면 꼭 좀 가르쳐주기 바란다. 현재는 운동화가 너무 무거운 느낌을 주는 것과 고무 냄새가 지나치게 심한 게 결점이다. (매일 새롭게 달라지는 과학적인 운동화에 비하면 잭퍼셀은 거의 공룡 같은 존재일 거다.) 그래도 디자인만 보면, 결코 싫증이 나지 않는 심플하고 멋진 모양을 하고 있다고 생각한다. 한 켤레 더 사겠느냐고 물어오면, 아니, 이젠 됐다고 대답할 게 뻔하지만.

색다른 중고품 가게

쇼핑 이야기를 좀 더 계속해도 될까?

1991년 미국에 왔을 때, 집 근처 레코드가게에서 맷 데니스의《플레이스 앤 싱스》의 오리지널 트렌드판을 34달러에 팔고 있는 것을 발견했다. 나는 옛날부터 이 레코드에 굉장히 빠져 있었기 때문에 KAPP판과 일본에서 발매된 데카 MCA판과 CD, 세 종류를 가지고 있다(참 유별나다). 트렌드판은 앨범의 오리지널로서, 상품적 가치로 본다면 희귀한 편에 속한다. 하지만 '34달러는 좀 비싼데. 사실 똑같은 것을 세 개나 가지고 있는데 말이야' 하고 3개월 가까이나 고민했다. 물론 돈 34달러가 없는 것도 아니었고, 일본에서 이 레코드를 사려면 그 가격으로는 살 수 없다는 것쯤은 잘 알고 있었다. 하지만 내 감각으로 보자면—혹은 현지의 오리지널 레코드 시세로 봐도—34달러라는 가격은 좀 비쌌다. 낡은 레코드 수집은 어디까지나 내 취미고, 취미라는 건 스스로 규칙을 만들어 하는 게임과 비슷하다. 돈만 내면 뭐든지 살 수 있다고 생각하면 그다지 재미가 없다. 그러니까 가령 시세보다 싸다고 다른 사람들이 말하더라도 자신이 '이건 그래도 값이 약간 비싼걸' 하고 생각한다면 그건 당연히 비싼 것이다. 그래서 깊이 고민한 끝에 결국 사지 않기로 했다.

그렇게 마음의 결정을 내렸는데도, 어느 날 그 레코드가 팔려서 레코드 진열대에서 모습을 감춰버린 것을 발견했을 때는 정말로 서운했다. 마치 오랫동안 동경하고 있던 여성이 나보다 더 변변치 못한 남자와 갑자기 결혼해버린 것 같은 기분이었다. '아아, 역시 그때 큰맘 먹고 사둘걸 그랬어. 앞으로는 영영 볼 수 없을지도 모르는데 말이야' 하고 후회하기도 했다. 어쨌든 그 정도의 금액이 매겨질 물건도 아니었고. 단순히 나의 수집가로서의 개인적인 기본 방침의 문제였기 때문에.

그러나 인생이라는 것은 그렇게 나쁜 일만 있는 건 아니다. 그로부터 3년 뒤에 나는 보스턴의 한 중고가게에서 같은 레코드를 2달러 99센트에 파는 걸 발견했다. 레코드판의 질은 반짝반짝하는 신품과 똑같다고는 할 수 없었지만 그래도 그리 나쁘지는 않았다. 이것을 손에 넣었을 때는 정말로 기뻤다. 손이 떨릴 정도의 흥분은 아닐지라도 나도 모르게 싱글벙글 웃음이 새어나왔다. 꾹 참고 기다린 보람이 있었다.

결국 구두쇠가 아니냐는 말을 들을 것 같지만 결코 그렇지는 않다. 생활 속에서 개인적인 '작지만 확실한 행복'을 찾기 위해서는 크든 작든 철저한 자기 규제 같은 것이 필요하다.

예를 들면 꾹 참고 격렬하게 운동을 한 뒤에 마시는 시원한 맥주 같은 것이다. "그래, 바로 이 맛이야!" 하고 혼자 눈을 감고 자기도 모르는 새 중얼거리는 것 같은 즐거움, 그건 누가 뭐래도 '작지만 확실한 행복'의 참된 맛이다. 그리고 그러한 '작지만 확실한 행복'이 없는 인생은 메마른 사막에 지나지 않는다고 나는 생각한다.

일부러
이렇게 바쁜 연말에,
차를 훔치지 않아도
좋을 텐데

고양이가 기뻐하는 비디오

앞에서 통신판매에 관한 이야
기를 썼는데, 그 얘기를 조금만 더 하겠다.

'Give cat a laugh.'

지난번에 《뉴요커》의 광고 중 하나의 캐치프레이즈가 눈에
띄었다. 고양이를 위한 비디오테이프 〈비디오 캣닙video catnip〉,
즉 '고양이가 기뻐하는 비디오'를 팔고 있었다. 설명서를 읽어
보니, '25분 동안 상영되는 영화로, 당신의 고양이도 열심히
들여다볼 것입니다. 고양이를 기르고 있는 사람에게는 최고의
선물입니다'라고 쓰여 있었다. 재미있을 것 같아서 전화로 주
문을 해보았다. 내용이 어떤 것인지 전혀 짐작도 할 수 없었다.
도착하면 그때 여기다 그 내용을 보고하겠다.

통신판매도 단골이 되면, 보통의 카탈로그와는 별도로 '고

객용 특별 봉사 가격 카탈로그'라는 할인 통지가 계절마다 보내져오는데, 이것 역시 깜짝 놀랄 만큼 가격이 싸다. 나는 15달러에 J.CREW의 수영복을 샀는데, 너무 싼 맛에 아예 몇 개를 더 사버렸다. 청바지도 너무나 싸서 몇 벌을 한꺼번에 샀다. 하지만 이런 쇼핑은 중독이 되기 십상이다. 이제 슬슬 정신을 차리지 않으면 안 되겠다.

존 어빙의 대장편소설 《서커스의 아들》

존 어빙의 대장편소설인 《서커스의 아들》을 모두 읽고 나면 감상을 쓰겠다고 말해놓고 깜빡 잊어버렸다. 죄송하다. 간단히 쓰겠다. 나는 어쨌든 마지막까지 전부 다 읽었고, 그렇게 긴 소설을 끝까지 싫증 내지 않고 재미있게 읽도록 만드는 것은 언제나 그렇지만 참으로 대단한 일이라고 생각한다. 하지만 이번 이야기는 무대가 처음부터 끝까지 인도였고 주인공도 인도인, 등장인물도 모두 인도인이라는 강렬한 소재였다. 게다가 소설이 워낙 길기 때문에, 그 설정이 도중에 약간 골치 아프게 전개되는 부분도 있다. 하지만 작가가 의욕적으로 글을 썼다고 한다면 분명히 그렇긴 하다.

어빙의 소설에는 늘 마지막 부분에 코끝이 찡해오는 깊고도 독특한 슬픔이 있는데(그리고 그게 그의 장편소설의 매력적인 요소인 것 같다), 이 소설에서는 그런 감정을 기대할 수 없었다. 그러나 한 가지를 딱 꼬집어 말할 수는 있다. 이런 소설은 절대로 어빙밖에 쓸 수 없다는 것이다. 어쨌든 디킨스에 깊이 빠져서 "소설은 아무튼 길면 길수록 좋은 거다. 무슨 불만이 있는가?" 하고 대대적으로 선언하는 사람이니까, 그 문제에 있어서는 일종의 광신교도처럼 보이기도 한다. 마음이 약한 나로서는 그런 끔찍한 말은 도저히 할 수 없다. 그러니 존 어빙의 책을 번역하는 사람은 무척 힘이 들 것이다. 그러고 보면 바로 직전에 발표된 그의 작품 《오웬 미니를 위한 기도A Prayer for Owen Meany》의 번역본도 아직 나오지 않았다⋯⋯.

최근에 읽은 인터뷰에 의하면, 어빙 씨는 캐나다 여성과 결혼(재혼)했는데, 그의 부인은 문학 에이전트로서 이 책도 담당하고 있다. 부인이 에이전트면 연락이 편리해서 좋겠다. 어빙 씨는 실제로 만나서 얘기를 나누면 꽤 까다로운 사람이지만, 어쨌든 최근의 사생활은 상당히 행복한 것 같았다.

최근에 내가 읽은 책들 가운데 가장 재미있던 작품은 마이클 길모어의 《내 심장을 향해 쏴라Shot in the Heart》다. 마이클 길모어는 1976년 유타 주에서 스스로 원해서 총살 처형된 (그 당시 미국에서는 사형은 위헌이어서 얼마 동안 실질적으로 폐지되어 있었다), 유명한 살인범 게리 길모어의 친동생이다. 노먼 메일러는 이 사건을 취재하면서,《사형 집행인의 노래The Executioner's Song》를 썼다. 기본적으로는 논픽션이지만 책에는 'a true life novel'이라고 쓰여 있었다. 무슨 얘기인지 이해가 잘 안 되지만, 어쨌든 이 소설은 미국 전체에서 화제를 불러일으켜 초대형 베스트셀러 작품이 되었고 노먼 메일러는 이 작품으로 퓰리처 상을 수상하기도 했다. TV 영화로도 만들어져서 젊은 날의 토미 리 존스가 게리 역을, 로재나 아켓이 그의 여자친구 역을 맡았다. 그러나 노먼 메일러의 작품보다는 마이클 소설 쪽이 훨씬 재미있다. 리얼하고 무시무시하고 피비린내가 나는 분위기와 함께 서글픈 미국의 비극과 같은 것이 장대한 스케일로 펼쳐지고 있다. 이 책은 내가 지금 번역하고 있으니까 기대해주기 바란다. 어빙 정도는 아니지만 긴 소설이므로 번역이 완성될 때까지는 상당한 시간이 걸릴 것 같지만.

도둑맞은 자동차

12월 5일, 자세한 사정을 얘기하자면 길어지지만, 내 차가 도난을 당했다. 아침에 일어나보니까, 집 앞에 세워두었던 나의 폭스바겐 코라도는 온데간데없이 사라지고, 대신 그곳에 흰색의 혼다 어코드가 세워져 있었다. 아무리 생각해봐도 도둑맞았다고밖에는 생각할 수 없었다. 내가 잠을 자는 동안에

자동차가 혼자서 제멋대로 어딘가로 가버릴 이유가 없으니까.

정말 난처하게 됐네, 하고 나는 한숨을 내쉬었다. 그렇지 않아도 그보다 2주일 전에 하버드 광장에서 내 소중한 자전거를 도둑맞았던 참이다. 가로수의 몸통에 체인을 감고 세워놓았는데 쇼핑을 하고 15분 뒤에 돌아와보니 체인만 남아 있고 자전거는 깨끗이 사라지고 없었다. 그 전에는 대학의 체육관 로커가 훼손당하고 스쿼시용 운동화를 도둑맞기도 했다. 게다가 엎친 데 덮친 격으로 자동차까지 도둑맞았으니 정말 참기 힘들 정도로 화가 머리끝까지 치밀어 올랐다.

30분 뒤에 집으로 찾아온 사람은 젊고 키가 큰 여자 경찰관이었다. 나보다 대충 머리 절반쯤은 더 키가 크고 금발이었는데, 얼굴은 로라 던과 비슷하게 생겼다. 그녀의 임무는 도난보고서를 작성하는 것이었다. 용지에 시리얼 넘버, 연식, 색깔 등 필요한 사항을 담담하게 적어 넣고 그 복사본을 나에게 주면서 다시 연락하겠다고만 말하고 돌아갔다. 겉으로 보기에 그다지 스릴 있는 일도 아니고, 본인도 특별히 즐겨서 그 일을 하고 있는 것 같진 않았다. 형사가 나오는 영화에서는 젊고 미인인 여자 경찰관이 클린트 이스트우드나 멜 깁슨 같은 사람과 콤비를 이루어 파란만장한 인생을 보내는데, 현실에서는 그렇지 않다. 현실은 좀 더 현실적이다. 나는 그녀에게 "자동차

도난이 이 부근에서는 흔히 있는 일입니까?" 하고 물었다. "아뇨, 거의 없었던 일입니다. 이 부근에서 자동차를 도난당하는 일은 거의 없어서, 사실은 저도 약간 놀랐어요" 하고 전혀 믿기지 않는다는 얼굴로 말했다. 그러고는 "안녕히 계세요" 하고 무뚝뚝하게 말을 마친 다음 혼자 순찰차를 타고 유유히 사라져갔다.

'이 부근에서 자동차를 도난당하는 일은 거의 없다'는 말은 사실인 모양인지, 내가 그 얘기를 했더니 집주인 스티브도 깜짝 놀라는 것이었다. "희한하네요. 여기서 그런 일이 일어날 리 없는데, 이상하네요" 하고 말을 잇지 못했다. 한 블록 앞쪽 거리에 살고 있는 또 다른 스티브(그는 영화 일을 하고 있다)도 "도저히 믿을 수 없어. 나는 여기서 20년 동안 살면서, 누군가가 세워놓은 자동차를 도둑맞았다는 얘기는 한 번도 들은 적이 없어. 이야, 정말 놀랄 만한 얘기네" 하고 묘하게 감탄하고 있었다. 내가 살고 있는 지역은 특별히 부자들이 사는 곳은 아니지만 그 정도로 범죄와는 무관한 조용하고 평화로운 장소였던 것이다. 그렇기 때문에 나는 차 문만 잠그고 스티어링로크는 하지 않고 두었던 것이다.

그러나 믿거나 말거나, 전례가 있든 없든, 감탄을 하든 동정을 하든 간에, 내 자동차가 도난을 당했다는 사실만은 분명하

제이 루빈 씨의 집에서 열린 파티에 나온 특제 케이크

1 1/2이라는 건 그의 집 주소라는데 세상은 정말 아리송하다.
하지만 9 1/2이라는 주소가 있다면, 미키 루크가 나올 것 같아
서 약간 위험한 느낌이 든다.(〈나인 하프 위크〉라는 영화에 미키 루크가
출연했다—옮긴이)

이번 파티는 미국인이 흔히 하는 '디저트파티'로, 치즈를 안주
삼아 가벼운 와인이나 맥주를 마시고 마지막에는 디저트와 커
피로 마무리한다.

다. 내가 경찰에 통보한 다음에 해야만 하는 일은 보험대리점에 연락하는 것이었다. 그런데 이 대리점은 "뭐요? 차를 도둑맞았어요? (*귀찮게 됐군.) 그래서요?" 하는 식으로, 친절이나 동정심 같은 건 약에 쓰려 해도 찾아볼 수 없었다. 경찰 보고서의 사본을 받아들고 힐끔 바라보고는 "그럼 보험회사에 연락해두겠습니다"로 끝이었다. (몇 가지 내 개인적인 체험으로 말한다면, 미국에서 가장 기분 나쁜 시간을 보내려면 자동차보험 대리점에 가면 된다. 모두들 정말로 죽기 싫어서 하는 듯이 일하고 있다. 이것은 아메리칸드림의 종말과 무슨 관계가 있을지도 모른다.) 그러나 어쨌든 자동차를 찾을 때까지 렌터카 요금은 하루에 15달러까지 보험으로 보상받을 수 있나는 것을 알았다. 그건 참 다행이었다.

친구인 제이 루빈에게 렌터카 사무실까지 태워다달라고 부탁했다. 하루에 21달러의 가격으로 포드의 에스코트(놀랍게도 에어백이 붙어 있는데 조수석 쪽에는 사이드미러가 없었다)를 빌렸다. 렌터카의 창구 직원 남자가 "도난당한 차의 90퍼센트는 3, 4일 안에 발견돼요. 이른바 '조이 라이드joy ride'라고 해서 젊은 애들이 타고 다니다가 휘발유가 떨어지면 그냥 버려두고 가거든요. 틀림없이 기다리고 있으면 찾을 수 있을 겁니다" 하고 위로해주었다.

자동차를 찾고도 가져올 수 없는 이유

12월 8일, 렌터카 창구 직원의 예언대로 나흘 후에 자동차가 발견되었다. 에이번이라는 보스턴 교외의 거리에 버려져 있었다. 관할 경찰관이 컴퓨터로 넘버를 체크해서, 케임브리지 시 페이엣 가에서 도난당한 무라카미 씨 소유의 자동차라는 것을 확인했다. 전화로 그 소식을 전해준 이는 케임브리지 경찰서의 경찰관이었다. "아…… 자동차는 겉으로 보기에는 피해가 없다고 합니다" 하고 그 경찰관은 자못 따분한 듯이 말했다. "그거 다행이네요" 하고 나는 말했다. 정말 나로선 참으로 다행이었다.

"그렇다면, 경찰관님. 내가 지금부터 그 에이번이라는 마을까지 자동차를 가지러 가면 되는 건가요?"

"아닙니다…… 그것이 그렇게 간단하지 않아요, 마라카모 씨. 아…… 사실은 타이어가 한 개도 없어요" 하고 경찰관은 (아마) 콧구멍을 후비면서 얼핏 생각이 난 것처럼 덧붙였다. "그리고, 으음, 휠도 하나도 없어요. 시동도 전혀 걸리지 않습니다. 그러니까 가지러 가도 자동차를 가지고 돌아올 수는 없을 겁니다."

도대체 뭘 보고 자동차의 어디가 특별히 피해가 없다는 거야? 게다가 나는 마라카모가 아니라 무라카미라고, 하고 속으로 생각했지만 그런 말을 해보았자 아무 소용이 없을 것 같았다. 나는 점잖게 고맙다는 말을 하고는, 힘없이 전화를 끊었다. 그러고 나서 평소에 늘 자동차 수리를 부탁하는 '스트리트 와이즈' 카센터의 보비(작년……은 아니고 최근의 브라이언 윌슨과 용모가 닮았다)에게 연락해서, 레커차로 자동차를 에이번에서 그곳까지 운반해달라고 부탁했다.

12월 9일, 골치 아픈 수속이 여전히 계속해서 이어졌다. (별로 재미있는 내용은 아니니까, 미국의 자동차보험 사정에 흥미가 없는 사람은 이 대목을 건너뛰고 읽어주기 바란다.) 경찰서에 가서 '리커버리 리포트(발견 증명서)'라는 것을 발행받았다. 그 경찰서는 상당히 카프카적인 우울한 장소였지만, 쓰기 시작하면 끝이 없을 것 같으니까 여기서는 상세하게 언급하지 않겠다. 그러고 나서 그길로 보험대리점까지 찾아가서 '리커버리 리포트' 복사본을 제출한다. 대리점은 그 증명서를 보험회사에 팩스로 보내고, 보험회사는 전문 감정인을 '스트리트 와이즈' 카센터로 보내서 내 자동차의 상태를 검사하고, '어프레이즐 리포트(appraisal report, 보험금 사정 통지)'를 작성한다. 그제야 겨우 자동차의 수리가 시작된다. 아니, 그것만이 아니다. 보험회사의 직원이 나에게 약 30분에 걸친 전화 인터뷰를 하는 규정이 있다. 이것은 선서가 필요한 정식 녹음 인터뷰여서 내 회답은 모두 법률적으로 유효하다. 인터뷰를 한

찰스 강 기슭의 갈매기

겨울이 되면 이곳에서는 갈매기와 캐나다 기러기의 영토 싸움이 펼쳐진다. 봄이 되면 강 상류에서 얼음이 둥둥 떠내려오는데, 그 얼음 위에 갈매기가 '무임승차'를 한 듯한 느낌으로 앙증스럽게 타고 있기도 한다. 그것도 굉장히 기분이 좋은 것처럼 하고 말이다.

여성은 결코 불친절하지는 않았지만, 독감에 걸려서 재채기를 하거나 기침을 하는 데다가 콧소리였기 때문에 발음을 거의 알아들을 수 없었다. 이것도 말하자면 하나의 지옥이었다. 그렇지 않아도 소설을 마무리 짓느라 바빠 죽겠는데…….

그러나 그로부터 2주일이나 경과한 지금까지도 사태는 전혀 진전되지 않고 있다. 내 불쌍한 폭스바겐 코라도는 여전히 타이어 네 개가 모두 빠진 채 수리 공장에 방치되어 있다. 보험대리점이 보험회사에 팩스로 보낸 '리커버리 리포트'가 어딘가에서 홀연히 사라져버렸기 때문이다. 그래서 보험회사 직원이 자동차를 검사해서 견적을 내지 않는 한, 수리 공장에서는 수리를 하려고 해도 손댈 수조차 없다. 더군다나 짜증스러운 듯이 미간에 주름을 잡은 대리점 여성은 내게 "미스터 모로카미, 자동차가 발견된 그날을 기한으로 해서 렌터카의 요금은 더 이상 지불되지 않으니까 앞으로는 자기 돈으로 내세요" 하고 차갑게 선고했다.

나는 항의했다. "하지만 타이어가 한 개도 없다고요. 게다가 당신이 '리커버리 리포트'를 잃어버린 탓에 아직도 차 수리를 못하고 있잖아요."

게다가 나는 모로카미가 아니고 무라카미다. 그러나 항의는 받아들여지지 않았다. 그래서 나는 지금까지 계속 렌터카의 대금을 지불하고 있다.

자동차를 한 대 도난당하는 것이 이처럼 번거로운 결과를 가져다주리라는 것을 예전에는 미처 몰랐다. 보험회사에 자꾸 전화를 걸어야 하고 경찰서나 수리 공장에도 가야 한다. 관청이나 대학 서무과에 가서 '주차허가서'를 다시 발급받아야 한다. 여기저기로 뺑뺑이 돌리듯 뛰어다니게 하고, 있어도 없다고 따돌림을 당하거나 불친절한 대우를 받거나 하면서 시간이 정신없이 흐르는 탓에 스트레스만 쌓여간다. 무엇보다 외국이고 외국어만 통하니까, 화가 치밀어서 고함을 치고 싶어도 제대로 고함을 칠 수 없는 게 가장 괴롭다. '그렇구나, 세상이란 이렇게 골치 아픈 것이구나. 무슨 일이든 모두 경험해야 해' 하고 생각하며 의젓하게 행동하고 싶지만 실제로는 도저히 그런 생각이 들지 않는다. 쓸모없는 소모인 것이다.

일본에서는 사정이 어떠냐고 친지에게 전화로 물어보았더니 "일본에서는 자동차를 도둑맞는 일이 없잖아" 하고 웃어넘겼다. 그 대신 못으로 문짝을 긁어놓거나, 타이어를 펑크 내거나 하는 악질적인 장난이 많다고 한다. 하긴 둘 다 모두 마찬가지니까, 서로서로 조심하자.

아무튼
눈 덮인 보스턴에서 곧장
자메이카로
가지 않으면

올트먼의 신작 영화를 보고

12월 25일, 로버트 올트먼의
신작 영화 〈패션쇼〉(Prêt-à-porte, 이 영화 제목은 공개 직전에 급히 〈Ready
to Wear〉로 변경되었다. 일반 미국인으로서는 'Prêt-à-porte'를 잘 발음할 수 없
다고 생각했으리라)가 크리스마스에 공개되었는데, 매스컴에서는
거의 몰매를 맞다시피 한 악평을 받았다.

《뉴요커》에는 "올트먼은 농담을 하려고 하다가 자기가 먼
저 킬킬거리고 웃었다. 그 때문에 고안된 장치의 대부분이 불
발로 끝나서 조금의 재미도 찾아볼 수 없다"라는 영화평이
실렸다. 그러나 내가 보기에는 그렇게 형편없는 영화라고 생
각되지 않았다. 아니, 꽤 즐기면서 볼 수 있었다. 올트먼의 영
화를 상영하는 하버드 광장의 영화관은 관객들로 꽉 차 있었
는데, 대부분의 사람이 모두 그 나름대로 큰 소리로 웃고 있

었다. 때때로 미국의 일류 신문, 일류 잡지의 리뷰는 너무나 세속적으로 기울어져 있지 않은가, 지나치게 콧대가 높지 않은가 하고 생각할 때가 있다. 제이 매키너니가 언젠가 "당신들은 그렇게 고압적인 말만 하는데, 도대체 얼마나 잘났다고 그런 말을 하는가? 도대체 뭘 했다고 그 난리들인가?" 하고 대들었던 기분도 충분히 이해할 수 있다. 또 일본의 문예 비평이나 영화 비평과 달리, 미국 비평의 경우에는 매상, 즉 입장객 수에 직접적으로 영향을 미치기 때문에 사태는 꽤 심각해진다.

아마도 올트먼이 만들고 싶었던 것은 전혀 세련chic되지 않은 꿈꿈이죽 같은, 기본적으로는 무의미하고 신경증적인 소란을 떠는 희극이었을 테고, 그런 의미에서는 매우 교묘하고도 가볍게 잘 만들어졌다고 나는 생각했다. 〈플레이어〉나 〈숏 컷〉 같은 것과는 완전히 감각이 다르고, 그 줄거리의 가벼움이 그리 나쁘지 않다. 특히 마스트로야니와 소피아 로렌의 〈해바라기〉를 패러디한 것 같아서 "이보게, 봅. 그런 건 요즘 TV의 코미디 프로그램만도 못하다고"라고 말하고 싶어질 정도로 바보스러운 짓이지만, 너무나 바보스러워서 나도 모르게 웃어버리고 말았다. 그 정도로까지 쑥 고전적으로 빗나가게 되면, 나 같은 사람은 감탄해버릴 정도지만. 특별히 봐준다면 작년에 본 영화 베스트 3에 집어넣어도 좋을 정도다. (물론 〈펄프 픽션〉이 단연 최고고 그다음이 대만 영화인 〈음식남녀Eat, Drink, Man, Woman〉다.)

그리고 빈민가 출신의 흑인 소년 두 명이 농구 선수로서, 인간으로서 성장해가는 모습을 5년 이상에 걸쳐서 차분히 기어가듯이 추적한 이색적인 다큐멘터리 영화 〈후프 드림스Hoop Dreams〉는 생생하고도 가슴을 에는 듯한, 마음에 남는 영화였다. 길고 소박한 작품이지만 번뜩하고 빛나는 구석이 있다. 만일 기회가 있다면 이 영화를 꼭 보기 바란다. 이 작품은 영화평으로도 최고의 절찬을 받았다. (정치적인 게 아닐까 의심스러울 정도로 지나치게 절찬을 받은 경향도 있지만.)

소설의 초고를 끝내고 자메이카로

한 해가 저물어갈 무렵인 12월 30일에 가까스로 소설의 초고를 완성하고 '끝'이라고 썼다. 파김치가 된 채 그길로 아메리칸 에어라인의 사무실로 가서 자메이카행 비행기 표를 사려고 했다. 지난 몇 개월간 "이 작품을 일단락 지으면 꼭 카리브 해로 가서 초주검이 될 정도로 헤엄칠 거야" 하고 염불처럼 중얼대면서 책상 앞에 앉아 있었던 것이다. 일주일 동안 아무것도 생각하지 않고 해변에서 뒹굴면서 느긋하게 있다가 돌아와서, 그다음에 기분을 다시 새롭게 하고 나서 원고를 손보는 일에

착수해야만 할 것 같은 기분이었다.

그랬더니 아내가 갑자기 내 계획에 반대하고 나섰다. "싫어, 난 자메이카가 아니라 암스테르담에 가고 싶어" 하고 말을 꺼냈다. 그, 그런 말을 갑자기 들으니 좀 당황스러웠다. 어제까지는 말 그대로 자메이카로 날아가기로 되어 있었으니까. "무엇 때문에 이렇게 엄청 추운데 암스테르담 같은 곳에 가야 한다는 거야?" 하고 질문을 했다. 돌아온 대답은 이러했다. "지금 읽고 있는 앤 라이스의 《래셔》에 암스테르담이 나오는데, 완전히 반해버리고 말았어. 게다가 자메이카는 앤 라이스의 소설을 읽는 데는 그다지 적합한 장소라고 할 수 없어." 정말이지 말도 안 된다. 겨울의 뉴잉글랜드 지방에서 북해에 면한 네덜란드로 가면, 그걸로 숨을 돌릴 수 없을 게 당연하지 않은가.

최근 아내의 앤 라이스 중독에는 다소 마음에 안 드는 면이 있다. 원래 아내는 읽고 있는 책에 쉽게 영향을 받는다고나 할까, 아무튼 사물에 열중하기 쉬운 사람이긴 하다. 야마기시 료코의 《해가 뜨는 곳의 천자天子》 만화를 읽을 때에는 맨날 쇼토쿠태자를 읊어대면서, 수많은 역사책을 독파하고 일부러 아스카까지 여행을 가기도 했다. 하지만 시간이 좀 지나자 열정이 사그라져 아무것도 기억하지 못한다. 매번 그렇다. 그래도 그럭저럭 아메리칸 익스프레스의 티켓 카운터 앞에서 필사적

JAMAICA

으로 설득해 자메이카행 비행기 표 두 장을 샀다. 그리고 새해를 맞아 1월 2일 아침, 톰 클랜시와 노먼 메일러의 책을 가방에 쑤셔 넣고(굉장히 이상한 조합이다), 보스턴의 로건 공항에서 몬테고베이행 비행기로 갈아탔다.

자메이카에서는 정말이지 하루 종일 해변에 나가서 헤엄을 쳤다. 물이 따뜻하고 깨끗해서 굉장히 기분이 좋았다. 카리브 해에는 상당히 큰 가오리가 있는데 사람이 옆에서 헤엄을 치고 있어도 전혀 무서워하지 않는다. 해변에서 펠리컨이 물고기를 잡아먹는 것을 하루 종일 바라보고 있거나, 나무 그늘에 드러누워서 톰 클랜시의 책을 읽고 앤 라이스를 읽거나 했다. 꽤 좋은 곳이었다. 은근히 접근해오는 마리화나 상인을 쫓아버리면서 독서에 열중한다는 것이 때때로 곤란하기는 했지만.

그러나 일본인은 모두 돈을 많이 갖고 있다고 여기는 모양이어서 어디에서나 융숭한 대접을 받는 것은 좋았지만, 은근히 팁을 기대하는 일이 많아서 다소 피곤했다. 레스토랑에 들어가면 주인으로 보이는 남자가 성큼성큼 다가와서는 "이 레스토랑이 마음에 드십니까?" 하고 묻는다. "네, 맘에 듭니다"라고 대답하면 "당신네 일본인은 부자죠? 어떻습니까, 이 레스토랑을 사지 않겠습니까?" 하고 말한다. 하지만 누구라도 갑자기 그런 말을 들으면 당황할 것이다. 흐음, 흐음, 나는 그저 점심식사를 하고 싶었을 뿐인데 말이다.

들은 얘기에 의하면, 이 섬에서 생산되는 최고급 블루마운틴 커피의 85퍼센트가 일본으로 수출되고 있다. 그렇다면 일본인은 모두 부자라고 여겨져도 어쩔 수 없다. 다랑어에 기름기가 많은 부위 같은 것도 그렇지만, 세계 각지에서 일본인의 특수 물품에 대한 부분적 매점 능력은 참 강렬하다고나 할까, 거의 제트코스터감이다. 아마 그 때문인지 적어도 내가 경험한 바에 의하면, 자메이카 현지에서 마시는 자메이카 커피는 솔직히 말해서 그다지 맛있지 않았다. 뭔가 '찌꺼기' 같은 느낌의 약간 김이 빠진 맛이었다. 멕시코를 여행할 때도 마찬가지였는데, 남미의 커피 생산국에서는 고급 커피콩은 거의 다 외국으로 수출해서, 그 고장에서 흔히 나오는 것은 그다지 고급스러운 게 아닌 경우가 많았다. 자메이카에 가면 미국과는 달리 맛있고 감칠맛 나는 커피를 실컷 마실 수 있을 거라고 기대하고 있었기 때문에 좀 아쉬웠다. 하지만 자메이카산 대마초 역시 85퍼센트가 미국으로 수출되고 있다(물론 밀수)고 하니까, 그에 비하면 블루마운틴 커피 정도는 죄가 안 되니 괜찮을지도 모르지만.

렌터카가게 아저씨에게 "경기는 어떤가요?" 하고 물었더니 "지금은 새해 관광 성수기라 바쁘긴 하지만 예전에는 훨씬 더

자메이카 도로변의 과일 노점상

노점상은 도처에 널려 있는데, 그 나름대로 과일의 진열 방식에 신경을 쓰는 것 같다. 이 노점상에서는 양옆에 놓인 파인애플이 맛있어 보인다. 차를 멈추고 사진을 찍었더니, 어디선가 어린애가 달려나와서 "촬영료 주세요"라고 말했다. 눈 딱 감고 돈을 줄 수밖에.

자메이카 해변의 콘도르

이 콘도르는 어부가 바위 위에서 처리한 생선의 내
장 같은 것을 열심히 쪼아 먹고 있었다. 나는 이 바로
옆의 조그만 식당에서 맥주를 몇 병 마시고, 콘도르
를 바라보거나 어부와 얘기를 나누거나 하면서 반나
절을 평화롭게 보냈다.

경기가 좋았죠. 요즘은 아무래도 힘들지요"라고 했다. 관광이 부진한 이유를 물으니 "세계적인 불경기, 정부의 홍보 부족, 최근의 범죄 보도죠"라고 명쾌하게 분석했다. 자메이카에서는 최근 얼마 동안 살인 사건이 급격히 증가해서 얼마 전에도 시카고에서 온 시나리오 작가가 고급 리조트가 늘어서 있는 해변에서 강도한테 살해당하는 사건이 있었다.

그는 계속 말을 이었다. "하지만 옛날에 비하면 그래도 훨씬 나아진 겁니다. 옛날에는 말예요, 주민들의 태도도 험악하고 형편없었어요. 그래서 얼마 동안 관광객 수가 뚝 떨어졌습니다. 이래서는 안 되겠다 싶어서 섬 주민 모두가 들고 일어나 관광객을 잘 맞이하자는 캠페인을 벌였죠. 이젠 상당히 좋아졌습니다. 관광객이 오지 않으면 이곳 경제는 완전히 망하니까요. 어쩔 수 없잖습니까?"

이런 시즌의 자메이카 물가는 엄청나게 비쌌다. 파워 핸들 없이 수동 기어의 토요타 터셀을 일주일간 임대하는 값이 놀랍게도 560달러였다. 560달러라니! 보스턴에서는 동일한 차종으로 싼 곳을 찾으면 140달러에 빌릴 수 있다. 아무리 성수기의 관광지라고는 하지만 이건 너무 비싸지 않은가? 신문의 여행 광고를 보면, 플로리다 여행이 훨씬 싸게 먹힌다. 그래서 최근에는 미국인이 자메이카에 가지 않는 것 같다. 가보니 실제로도 미국인은 그다지 찾아볼 수 없었다.

그 대신에 자메이카에는 어찌된 셈인지 이탈리아 관광객이 엄청나게 많아서, 어디를 가건 이탈리아어밖에 들리지 않는다. 마치 이탈리아의 해변에 온 것 같다. 왜 이렇게 이탈리아인이 많을까 궁금해서 밀라노에 있는 지인에게 전화로 물어보았다. "그게 말이야, 이탈리아에서는 지금 자메이카에 간다는 것이 어찌 된 영문인지 최신 유행이야. 돈 있는 사람들은(*즉 교묘하게 탈세를 하는 사람들이라는 얘기겠지만) 모두 앞을 다투어 자메이카로 놀러 가는 거야. 어쨌든 밀라노 거리는 자메이카 여행을 유혹하는 포스터투성이라고." 그래, 유행이었군. 그러나 이탈리아인은 어디를 가도 정말 어처구니없을 정도로 눈에 잘 띈다. 목소리가 크고 잘 먹고 잘 뭉친다…… 하긴 즐거워 보여서 좋긴 하지만.

자메이카의 음식은 아무래도 전체적으로 그다지 섬세하지 않고 인상적이지 않았으나, 마지막에 투숙한 '코바야'라는, 몬테고베이 근처에 있는 호텔 음식은 정성이 담겨 있어서 맛있었다. 이곳은 얼마 전에 개업한 멋진 신축 호텔이어서 아직 그다지 널리 알려져 있지는 않다. 주인은 젊은 부부로 전에 월가의 증권회사에서 일했다는 남편과, 같은 뉴욕 매디슨 스퀘어의 광고 에이전시에서 일했던 부인(이 사람은 자메이카 출신의 중국계)인데, 여피족 같아 보였다. 잠깐 얘기를 나누었는데, 그 부부의 자부심은 대단했다. "우리의 자랑은 누가 뭐래도 음식입니다. 각 요리마다 전문 요리사가 있어 특별하고 맛있는 음식을 정성 들여 만들고 있으니까요." 먹어보니까 과연 그들이 자랑할 만할 정도로 음식이 상당히 세련되어 있었다. 자메이카에서 맛있는 요리를 먹고 싶어지면 이곳을 찾아가면 될 것이다. 전용 해변은 깨끗했지만 내가 머무르고 있을 때는 바람이 너무 불어서 애를 먹었다. 계절 탓인지도 모르지만.

이 호텔에는 우리 외에 이스라엘에서 단체로 온 유대인 노인들이 머물고 있었다. 이 사람들은 모두 풀장에 들어가 둥글게 원을 만들어 손에 손을 잡고 〈하바 나길라〉 같은 이스라엘 민요를 차례차례로 즐거운 듯이 합창했다. 바람이 윙윙 부는데도 오후 내내 줄곧 합창을 하는 것이다. 무엇 때문에 그런 짓을 하는지 알 수 없었다. 이스라엘 사람들의 습관인지도 모른다. 어쨌든 모두들 무척 행복한 것처럼 보였다.

레게의 나라 자메이카 풍경

자메이카는 옛날에 영국의 식민지였기 때문에 영국과 마찬가지로(그러니까 일본과 마찬가지) 자동차는 좌측통행이고 핸들은 우측에 있다. 이것은 일본인에게는 대단히 편리한 상황이다.

자메이카의 잠수하는 어부

이 부근의 바다는 굉장히 깨끗한 데다가 한없이 투명하다.
나는 언젠가 하와이에서 슈뇌르켈을 하다가 암초가 많은
해협으로 말려들어갈 뻔해서 굉장히 겁을 집어먹은 적이
있었다.

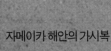

자메이카 해안의 가시복

어느 날 아침에 자메이카 해안의 파도가 치는 곳
으로 밀려올라온 가시복. 해안에서 뒹굴면서 일광
욕을 하고 있으려니까 자메이카 아주머니가 다가
와서 "어때요, 드레드락 머리 해보지 않겠어요?"
하고 권했다. 돈을 조금 주니까 그 자리에서 예쁘
게 머리를 따주었다.

렌터카가게의 아저씨도 내 어깨를 두드리면서 싱글벙글 웃었
다. "당신은 일본인이니까 괜찮겠죠? 운전하면서 오른쪽과 왼
쪽을 착각하진 않겠네요. 미국인은 모두 착각을 하니까요." 하
지만 그게 마음처럼 쉽게 되지는 않았다. 유감스럽게도 나는

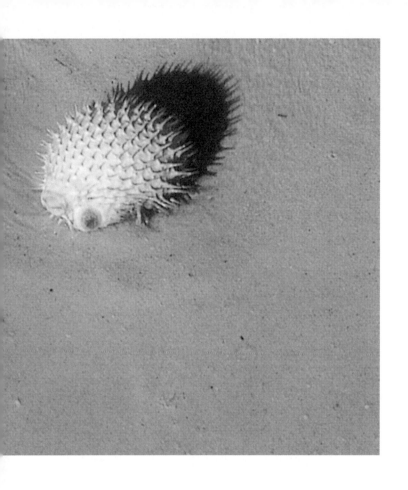

오랫동안 미국에서 살아온 터라 좌측 핸들, 우측통행의 습관이 완전히 몸에 배어 있었던 것이다. 덕분에 몇 번씩이나 좌우를 혼동해서 진땀을 흘려야만 했다. 겁이 덜컥 난 나는 밤중에는 될 수 있는 대로 운전을 하지 않기로 했다. 대신 낮에는 매

일 자동차 라디오에서 흘러나오는 레게 음악을 들으면서 토요타 터셀로 섬을 돌아다니는, 꽤 즐거운 시간을 보낼 수 있었다.

자메이카에는 FM 방송국이 상당히 많이 있지만, 어느 방송국의 어떤 프로그램을 틀어도 전부 레게 일색이다. 이 섬에는 레게 외에는 음악이라는 게 전혀 존재하지 않는 것 같다. 실제로 와서 보면 알겠지만 아무튼 엄청나다.

섬 전체가 "웅차, 웅차"라는 리듬과 퍼플 헤이즈로 넘쳐흐른다. 덕분에 눈으로 뒤덮인 속물적인 보스턴에 돌아와서도 여전히 "웅차, 웅차"의 리듬이 몸 안에서 끈질기게 계속되고 있다. 이거 꽤 습관이 돼버렸다. "웅차, 웅차." 옛날에 신주쿠에서 밥 말리의 콘서트를 듣고 난 뒤에는 걸음걸이까지 아예 "웅차, 웅차"로 변해버렸을 정도였다. 그런데 생각난 김에 말하는데 그 콘서트는 정말로 좋았다. 불타올랐을 정도였다. "자메이카에서는 앤 라이스의 작품을 즐길 수 있는 분위기를 못 느껴서 전혀 재미가 없었어"라고 아내는 지금까지도 투덜투덜 불평을 늘어놓고 있지만 그거야 어쩔 수 없는 일 아닌가. 나도 그곳에서는 노먼 메일러의 작품을 즐기면서 읽기가 정말 어려웠다. "웅차, 웅차."

이제 다시 일해야지.

잭 라이언의 쇼핑,
양상추값,
고양이 비디오

아내 대신 식료품 장보기

톰 클랜시의 소설《붉은 10월 The Hunt For Red October》에서, 망명하려고 하는 소련 시대의 러시아인을 향해 주인공 잭 라이언이 이렇게 설명하는 장면이 나온다. "미국의 슈퍼마켓에서는 겨울에도 토마토를 살 수 있어. 약간 값이 비싸긴 하지만 말이야." 러시아인은 그 말을 듣고도 그다지 믿지 않는다. "농담하지 말라고요. 겨울에 어떻게 토마토를 살 수 있습니까?" 물론 잭은 거짓말을 하는 게 아니었다. 여러분도 잘 알고 있다시피, 미국에서나 일본에서나 겨울에도 온실에서 재배한 토마토를 살 수 있다. 그건 그렇다 치고, 나는 그 장면을 읽으면서 '약간 값이 비싸긴 하지만 말이야' 하는 대목에 크게 감탄했다. 어쩌면 주인공 잭 라이언은 의사로서 바쁘기 짝이 없는 부인 대신에, 자주 슈퍼마켓에 가서

어느 틈엔가 우리 집 정원을 배회하기 시작한 살찐 흰 고양이 자세히 보면 재미있는 얼굴을 하고 있다. 어딘지 모르게 옛날에 수상을 지냈던 오히라 마사요시와 분위기가 비슷하다.
창문에서 "어이, 마사요시!" 하고 부르면 '되게 시끄럽군' 하는 느낌으로 귀찮은 듯이 이쪽을 힐끔 쳐다본다.

식료품을 샀는지도 모른다. 그리고 가격을 보고는 "휴, 토마토 비싸구나" 하고 크게 한숨을 지었을지도 모른다. 이처럼 잭 라이언의 장을 자주 본 듯 자연스럽게 나오는 말들은 해리슨 포드라는 배우가 갖고 있는 분위기와 통하는 듯한 느낌이 든다. 영화 〈붉은 10월〉에서는 좀 더 젊고 핸섬한 알렉 볼드윈이 라이언 역을 맡았다. 하지만 해리슨 포드에 비하면 아무래도 배역에 따른 이미지가 희박해서, 아직은 역부족이라는 느낌을 지울 수 없었다. 케빈 코스트너도 역시 아니라는 느낌이다. 잭 라이언 역은 누가 뭐래도 해리슨 포드가 가장 적격이다.

잭 라이언이 지적한 것처럼, 보스턴에서도 겨울에는 채소 가격이 엄청나게 비싸진다. 우리 집은 대체로 채식 중심의 식생활을 한다. 나는 점심과 저녁에 엄청나게 큰 접시(세면기만 한 큰 접시다. 모두 그 접시를 보면 깜짝 놀란다)로 하나 가득 채소를 먹기 때문에, 아무래도 겨울에는 식비가 많이 든다. 특히 올해 겨울에는 캘리포니아의 수해水害 때문에 양상추값이 많이 올랐다. 그래도 아오야마에 있는 기노쿠니야의 양상추값에 비하면 절반 이하 가격이지만, 주위의 다른 물건들과 비교하면 역시 엄청나게 비싸다. 슈퍼마켓의 계산대에서 가격을 듣고, 잭 라이언은 아니지만 '아니, 이렇게 비쌀 수가?' 하고 한참 생각하게 된다. 그렇다고 해서 식은땀까지 흘리는 건 아니지만.

물론 겨울에만 나오는 채소, 겨울이 되어도 그렇게 비싸지지 않는 채소도 있다. 그래서 대개 그러한 것들을 중심으로 먹을거리가 구성된다. 그중에서도 내가 좋아하는 것은 미즈나(水菜, 순무의 한 품종인 일본 특산으로 김칫거리나 국거리에 쓰인다─옮긴이)다. 미즈나는 대부분 간사이 지방에서 생산되는 채소로, 유부 같은 것과 함께 팍팍 끓이면 굉장히 맛이 있어서 겨울에 자주 먹는 채소다. 교토의 채소 도매상에선 흔히 보이는데, 도쿄에서는 그다지 본 적이 없다. (다시 기노쿠니야 얘기가 나와서 미안하지만, 가끔 그곳에서도 미즈나를 볼 수가 있다. 물론 엄청 비싸다.) 그런데 이 미즈나가 어찌된 셈인지 보스턴의 슈퍼마켓에는 항상 진열되어 있고, 이름도 그대로 미즈나mizuna다. 가격도 그리 비싸지 않다. 이걸 사서 전골이나 순두부에 넣어서 먹으면 꽤 맛이 있다. 그대로 샐러드로 만들어서 먹어도 괜찮다. 아마 일본인이 미국에서 미즈나를 재배하는 데 성공한 모양이다. 작년에는 이 미즈나를 찾아볼 수 없었으니까 말이다. 나로서는 올겨울에 접한 가장 기쁜 소식이다.

그밖에도 일본어 이름으로 팔리고 있는 채소 중에는 '시타케shiitake'가 있다. 이것은 미국에서도 상당히 유명해져서, 레스토랑의 메뉴에도 그대로 나와 있고 대부분의 사람도 시타케를 알고 있다. 그러나 미즈나는 아직 그렇게 유명하지는 않아서,

SHISO

S[

チーズケーキ: 치즈케이크

AKE

MIZUNA

WHAT'S
THIS?

계산대의 아가씨가 다시 이름을 물어보는 일이 자주 생긴다. '시소shiso'는 일본 식품점에서만 팔고 있는데, 그 시소를 사려고 할 때 일어났던 일이다. 옆에 있던 미국인 아주머니가 내게 "이게 뭐예요?" 하고 물었다. 그래서 "이것은 시소라는 것인데, 이렇게 저렇게 해서 먹습니다. 내 경우에는 잘게 썰어서 샐러드에 넣어 먹는데, 꽤 맛이 있습니다" 하고 가르쳐주었다. 하지만 그 아주머니는 "네, 꽤 예쁜 채소로군요very beautiful vegetable, isn't it?" 하고 대답했을 뿐, 사지 않고 그대로 가버렸다. 아마 양에 비해서 가격이 지나치게 비싸다고 생각한 모양이다. 정말로 시소라는 것은 양에 비해서는 값비싼 채소일지도 모른다. 하지만 아무리 그렇다 해도 시소를 한 접시 가득 먹는 사람은 없지 않는가.

이 사건과는 관련 없는 얘기일지도 모르지만, 옛날에 미국의 슈퍼마켓에서 팩에 들어 있는 두부를 살 때의 이야기다. 옆에 있던 미국인 아주머니로부터 "이봐요, 좋아 보이는 두부를 한 모 골라주세요" 하고 부탁을 받은 일이 있다. 일본인이라면 틀림없이 두부를 고르는 법쯤은 알고 있을 것이라고 생각했나 보다. 그래서 "그래요? 이게 신선하고 좋아 보이니까 사시지요" 하고 잘난 체하면서 내가 산 것과 같은 두부를 골라주었다. 그런데 집에 돌아와 열어보니까 폭삭 상해 있었다. 틀림없이 그

아주머니는 다시는 일본인을 믿지 않겠다고 다짐했을 것이다. 아니면, 두부라는 것은 본래 이런 맛이라고 생각하고 그대로 먹었을까? 어쨌든 간에 그때 일을 생각하면 마음이 약간 아프다.

식료품 쇼핑의 즐거움

그리고 보스턴에서 내가 맛있다고 생각하는 것은 '통밀 호두빵whole wheat walnut bread'인데, 이것에 크림치즈를 살짝 발라서 먹는다. 일단 맛있는 '통밀 호두빵'에 맛을 들이게 되면, 보통의 이른바 흰 빵white bread은 먹을 수 없게 된다. 하지만 이 '통밀 호두빵'의 문제점은 발음기관 구조상, 일본인으로서는 그 단어를 발음하기가 곤란하다는 것이다('whole wheat' 즉 홀 휘트라고 발음해야 한다—옮긴이). 나도 종종 빵집에서 "뭐라고요?" 하고 반문을 당하곤 한다. 매번 그렇게 당하다 보니 용기가 생기질 않는다. 내가 그런 말을 하자 아내가 "맞아. 그러고 보니까 과자가게에 가서 '치즈 케이크cheese cake'라고 말했는데도 늘 알아듣지 못하더라고" 하고 말했지만…… 도대체 cheese cake 발음의 어디가 통하지 않는 것일까? 나로서는 도무지 짐작이 가지 않는다.

어쨌든 보스턴과 케임브리지 근처의 빵집에서는 대부분 맛있는 빵을 파는 것 같아 기쁘다. 프린스턴에서 살았을 때는 미국 빵은 왜 이렇게 맛이 없을까 하고 늘 일본 빵을 그리워했는데, 이쪽으로 이사 오고 나서부터는 일본 빵을 까맣게 잊어버렸다. 그런 점에서는 역시 어느 나라나 대도시라는 것은 굉장하다는 생각이 든다. 목가적인 고급 시골 마을인 프린스턴에 비하면, 이곳은 범죄가 많아 자물쇠를 단단히 잠그지 않으면 안 되고 밤에는 할 일 없이 나다닐 수도 없다. 뉴욕 정도는 아니더라도 이곳 대부분의 사람은 신경을 곤두세우고 살아간다. 하지만 그럼에도 '맛있는 빵집이 있다는 것은 역시 좋구나!' 하고 문득문득 생각하게 된다. 산책 삼아 느긋하게 근처 빵집에 가서, 내친김에 잠시 커피를 마시며(미국의 빵집에는 의자가 놓여 있어서 커피를 마실 수 있는 데가 많다) 갓 구워낸 따뜻한 빵을 손으로 찢어서 먹는 것은 나에게 있어서는 '작지만 확실한 행복' 중 하나다.

　이러한 이유로 나는 일본에서나 미국에서나 언제나 잭 라이언처럼 틈만 나면 식료품 쇼핑을 하러 나가곤 한다. 그런 쇼핑을 하는 것은 굉장히 즐거운 일 중 하나다. 무는 한 개에 대충 얼마 정도라든가, 간장이 얼마 정도 하는가와 같은 일상적인 현실을 머릿속에 집어넣어두는 것은 인간에게 기본적으로 중요한 일이라고 생각한다. 또 그건 별도로 하더라도 슈퍼마켓의 진열대에 죽 늘어서 있는 식료품을 하나하나 체크해나가는 건 꽤 즐거운 일이다. 러시아인에게 망명을 권할 때는 "보스턴에서는 마음이 내킬 때 언제든지 빵집에서 콜롬비아 커피를 무한 리필로 자유롭게 마시면서 갓 구워낸 whole wheat walnut bread를 먹을 수 있어요" 하고 설득할 수도 있다. 소련이 붕괴된 지금, 망명해올 러시아인도 이제는 없지만 말이다.

고양이가 너무너무 좋아하는 비디오

언젠가 통신판매를 통해 '고양이가 기뻐하는 비디오테이프'를 주문했다고 내가 말한 적이 있을 것이다. 그 비디오테이프는 지금 그대로 방치되어 있다. 그 사후 경과를 간단히 보고하겠다. 이 비디오테이프가 우리 집에 도착했을 때 고양이보다 아내와 나 두 사람이 먼저 보았다. 처음 보았을 때는 "뭐야, 이런 것으로 고양이가 기뻐할 턱이 없잖아! 이거 혹시 사기가 아닐까?" 하고 의심했다. 그런데 그 의심은 부질없는 것이었다. 반신반의로 고양이 권위자인 일본 친구에게 보내서 실험을 하게 했더니, 고양이가 아주 무척 좋아했다는 놀랄 만한 결과를 얻을 수 있었기 때문이다. 몇 번을 반복해서 보여줘도 고양이는 전혀 싫증을 내지 않고 보더라는 것이다. 심지어는 너무 열중하는 바람에 TV 화면을 향해 덤벼들기도 하는 모양이다. 그녀는 글을 쓰는 사람(그녀는 동물을 기르는 것이 금지된 맨션에서 고양이를 기르고 있는 처지라서 이름은 밝히지 않겠다)이라서 '고양이에게 방

어느 날 뉴잉글랜드의 석양

스티븐 킹의 분위기와 같은 을씨년스러운 석
양이다. 뭔가 불길한 일이 일어날 것만 같은 분
위기지만, 결국 아무 일도 일어나지 않았다.

해받지 않고 편하게 글을 쓰고 싶을 때는 어쨌든 이 비디오테이프를 틀어준다. 그러면 고양이는 TV 앞에서 얌전히 못 박혀 있다'고 전해왔다. 워드프로세서나 컴퓨터의 키보드를 노상 고양이에게 뺏겨 짜증을 내고 있는 사람에게(결코 적은 수가 아닐 것이다) 이 비디오테이프는 그야말로 구원과도 같은 역할을 할 게 틀림없다. 강하게 추천한다.

다만 이 비디오테이프는 방 안에서만 기르는 고양이에게는 엄청난 효과가 있지만, 바깥에서 자유롭게 키우는 고양이에게는 '그다지 효과가 크지 않다'고 한다. 이 비디오테이프에 관심이 있는 분, 꼭 주문하고 싶은 분은 다음 페이지의 주소로 편지를 보내면 된다(〈video catnip〉이라는 제목으로 가격은 19.95캐나다달러). 주문 전화를 받는 아저씨는 캐나다인인데 굉장히 한가로운 것 같았다. 그러나 되풀이해 말하는 것 같지만, 이 비디오테이프는 인간이 보면 정말로 바보스러울 정도로 재미가 없다. 한번 시험해보기 바란다. 별로 손해 볼 건 없을 테니까.

Dick Shapiro Enterprises Ltd.
Suite 105, 10 Wynford Hts. Cr.
Don Mills, Ontario M3C 1K8
Canada
Tel. 416-441-1045

그 이후

1996년 1월 6일 《닛케이 유통신문》의 기사에 의하면, 일본에서도 같은 종류의 비디오테이프가 발매된 모양이다. 기사에 따르면 내용은 거의 같고(다람쥐나 새들이 움직이는 숲의 영상으로, 시간은 약 25분), 제작은 미국 회사라고 되어 있어서 내가 여기서 소개한 것과 같은 제품일지도 모른다. '개가 보는 비디오테이프'와 '고양이가 보는 비디오테이프'가 동시에 발매된 것 같다. 그러니까 이제부터는 일부러 캐나다까지 전화 주문을 하지 않아도 될 것 같다. 관심이 있는 분은 근처 비디오가게에 문의해주기 바란다. '개가 보는 비디오테이프'도 보고 싶은 생각이 드는데…… 가격은 2,480엔이라고 한다.

속수무책인 타니야,
고양이 조교 팀,
발견된 시인

도난당한 차는 돌아왔지만

2월 10일, 도난당했던 내 폭스바겐 코라도를 간신히 2개월 만에 찾을 수 있었다. 드디어 자동차 정비소에서 우리 집으로 돌아온 것이다. 도둑맞은 타이어와 휠을 주문해 여기저기 수리를 하고, 몸체에 페인트를 다시 깨끗이 칠한 뒤 범퍼를 교환했다. 전부 합해서 7,000달러가량 들었으나, 모두 보험으로 처리할 수 있었다. 타이어도 상당히 오래되어서 바꿔야겠다고 생각하던 참이었고, 몸체도 노상 주차를 하다 여기저기 흠이 나 있었기 때문에 솔직히 잘됐다 하는 느낌도 있었다. 그래도 2개월분의 렌터카 대금(1,200달러)은 찾을 수 없었다. 게다가 보험회사의 담당자인 타니야라는 약삭빠른 여자와 계속해서 전화로 교섭해야만 했던 건 정말로 소모의 극치였다. 농담이 아니라 정말 신경이 곤두섰다.

타니야라는 여자는 하는 일이 전부 엉터리 같아서 욕지기가 날 정도였고, 전화를 해도 항상 회사에 없고, 금세 물건을 분실해버리고, 자신의 과실이라는 걸 알아도 털끝만큼의 반성도 하지 않고, 한 일을 하지 않았다고 고집스럽게 우겨대는, 마치 악몽의 곱빼기 같은 여자였다. 이 여자가 일을 좀 더 제대로 해주었더라면, 자동차를 수리하는 데 아마 한 달도 걸리지 않았을 것이다.

도중에 지칠 대로 지친 나 대신에, 협상이 특기인 호리우치 씨 부인이 타니야와의 절충을 친절하게도 떠맡아주었다. 그 덕택에 그럭저럭 2개월 만에 자동차가 돌아온 셈이다. 그분이 없었더라면 3개월은 더 걸렸을지도 모른다. 호리우치 씨는 '보스턴 마라톤'의 이사를 맡고 있는 뉴턴의 치과 의사이고(나는 마라톤을 통해 그를 알게 되었다), 부인은 친정집이 간다에서 양과자점을 하고 있단다. 호리우치 씨의 부인은 늘 건강하고 활기찬 모습의 건강한 도쿄 토박이다. 그러나 '세 끼 밥보다 곤란한 협상을 맡는 걸 더 좋아한다'고 하는 그녀조차 '타니야의 엉터리 주장에는 두 손 들었다'고 할 정도였으니, 타니야라는 여자는 보통 여자가 아닌 것이다. 용과 호랑이의 싸움이라고 할까, 〈터미네이터 2〉라고나 할까, 테드 케네디 대 뉴트 깅리치라고나 할까. 미국 사회의 깊은 밑바닥을, 그곳의 무서움을 들여다본

것 같은 느낌이 든다. 도저히 나 같은 것하고는 상대가 되지 않았다.

하지만 이 보험회사와의 세밀한 교섭은 이것으로 모두 끝난 게 아니고, 그 뒤에도 이런저런 자질구레한 사고가 계속 일어났다. 일일이 다 쓰는 것도 피곤한 일이니까 그만두겠다. 어쨌든 일이 일단락되기까지 엄청난 수고가 들어갔다는 것만 밝히겠다. 특히 우리 부부는, 내 경우에는 현실적인 교섭이 딱 질색이고 아내는 외국어가 딱 질색이라는 결함을 안은 커플이라, 이런 경우가 생기면 큰일이다. 외국 생활도 사고만 없으면 즐거운 것이지만 '기울지 않는 보름달이 없듯이 트러블 없는 생활도 없다'(무라카미 - 피터의 법칙)여서 때때로 곤란한 국면을 맞이할 수밖에 없다.

사자보다 고양이 훈련이 어려운 이유

2월 25일, 다시 고양이 이야기.

지난번에 보스턴 시내에서 '프리스키' 주최로 캣 쇼가 열렸다. 300종이 넘는 진귀한 고양이들을 한곳에 모아 고양이를 전문으로 훈련시키는 조련사가 고양이 재주를 가르치는 시범을 보여준다는 것이다. 나는 소설을 수정하느라 바빠서 유감스럽게도 가보지 못했지만, '고양이 재주를 가르치는 시범 쇼'

수빙

일본에서 말하는 수빙樹氷. 영어로는 뭐라고 하는지 잊어버렸다. 그때는 제대로 기억하고 있었는데. 이날은 아침부터 기온이 뚝 떨어져서 이튿날 오후까지 온 도시의 나무들이 모두 이랬다. 햇빛을 반짝반짝 반사해서 엄청나게 아름다웠다. 겨울에는 굉장히 추운 보스턴에서도 이렇게 아름답고 멋지게 얼어붙는 것은 흔하지 않은 일인가 보다. 신문 보도에 의하면 5년인가 10년에 한 번밖에 없었다고 한다.

라는 것에 흥미가 생겨서 조사원 겸 카메라맨을 대회장에 파견시켰다(라고 말은 해도 그래봤자 아내가 구경을 간 것이다).

《보스턴 글로브》지에서는, 이 고양이 조련사 팀을 이끄는 사람은 스콧 하트라는 베테랑 동물 조련사인데, 그는 집고양이에게 재주를 가르치는 것은 사자에게 재주를 가르치는 것보다 더 어렵다고 한 모양이다. "고양이는 인내라는 것을 모르니까"라는 것이 스콧 하트가 밝힌 이유였다. 분명히 그렇다. 고양이는 인간한테 훈련을 받기보다는 오히려 인간을 훈련시키는 데 익숙하다. 그러나 하트는 영화 〈센티넬〉에 출연하는 한 고양이에게 '모형으로 만든 새를 입에 물었다가 그것을 떨어뜨리고, 여배우를 노려본 다음, 우우우 하는 신음 소리를 내고 다시 새를 물고 달려간다'는 복잡한 연기를 놀랍게도 단 한 번에 하게 했다고 한다. 이것은 굉장한 일이다.

하트는 어떤 고양이에게도 재주를 가르칠 수 있다고 단언했다. 그 근거는,

(1) 어떤 고양이라도 배는 고프다

(2) 궁극적으로는 고양이보다 인간이 머리가 좋다

라는 두 가지가 있다. 하지만 (2)와 관련되어서는 조금 예외가 있는 모양이다. 그건 말하지 않아도 알 수 있을 것 같은 느낌이 든다.

그런데 고양이가 부리는 재주의 가장 초보적인 단계는 "미도리!" 하고 이름을 불러서 그 고양이를 이쪽으로 오게 하는 것이다. 그것이 '첫걸음'이라고는 하지만 그게 그리 쉽지는 않다. 의리 있는 개와는 달라서, 고양이는 듣고 있으면서도 못 들은 척하는 얼굴을 매우 잘하기 때문이다. (소설가 중에도 그런 사람이 몇 명 있다.) 고양이에게 재주를 가르치려면, 특별한 소리를 내는 호루라기와 상으로 줄 먹이를 먼저 준비하지 않으면 안 된다. 얼마 동안은 고양이가 제일 좋아하는 음식물을 줄 때 언제나 이 호루라기로 "삐—" 하고 소리를 낸다. 그러면 고양이는 '그런 건가, 이 음식과 삐—는 뭔가 관계가 있구나' 하고 고양이 나름대로 인식하게 된다. 고양이에게 그러한 인식이 생긴 것을 확인하고 나서, 이 "삐—"를 재주 가르치기와 교묘하게 결부시키면 된다. 요컨대 '파블로프의 고양이'인 셈이다.

　재주를 가르칠 때 상으로 주는 음식으로는 치킨 베이비 푸드가 무엇보다도 커다란 효과를 발휘한다고 한다. 한가한 사람은 한번 시험해보기 바란다. 이것을 더욱 발전시켜나가면 대개 어느 고양이라도 '앉아' '엎드려' '뒷걸음질'까지는 할 수 있게 된다. 수세식 변소에서 볼일을 보도록 훈련시키는 것도, 하트의 말에 의하면 그다지 어렵지 않다고 한다. 정말일까…… 시도해보고 만일 잘되거든 가르쳐주기 바란다.

내 경험에서 말하자면, 그렇게 간단하게는 될 것 같지 않다. 고양이에게 '뒷걸음질'을 가르치기보다는 소설가에게 문워커 Moonwalker 춤을 가르치는 쪽이 그래도 조금은 쉽지 않을까?

캣 쇼 조사원의 보고

"어쨌든 사람들로 엄청나게 붐비더라고요. 그래서 조교 쇼가 시작되기 30분 전에 가보았더니, 무대는 텅 비어 있었어요. 오픈 게임인 모양인지 이류 고양이가 이류 재주를 부리고 있었고요. 저런 것을 봐야 별 소용이 없다고 판단해서 그 근처를 어슬렁거리다가 시간을 보내고 여러 고양이를 보고, 15분 전에 슬슬 시작하려나 하고 가봤더니 사람들로 꽉 차서 전혀 볼 수 없었어요."

"뭐야? 그럼 중요한 것은 보지 못했다는 얘기잖아?"

"아무리 그래봤자 사람들이 너무 많아서 도저히 볼 수가 없었는데 어떡해요? 그렇게 보고 싶으면 당신이 직접 가보면 될 것 아니에요, 흥!"

하는 것이었다.

그렇게 말해도 나는 바쁘단 말이다. 누가 뭐래도 생활비를 벌어들이지 않으면 안 된다고. 흥!

그러나 조사원의 개인적인 견해에 따르면, 대회장에 모여든

진귀한 고양이와 값비싼 고양이를 바라보는 것보다 그곳에서 고양이를 파는 사육사들의 얼굴을 보는 게 훨씬 더 재미있었다고 한다. 그래서 고양이 따위는 제대로 보지도 않고, 사육사들만 바라보고 있었던 모양이다. 고양이에 대해서는 아무것도 기억하지 못했다. "그렇게 기이한, 이상한 얼굴을 한 사람들이 한곳에 모여 있는 것을 보는 건 생전 처음이었어요. 그런 희한한 광경을 볼 수 있다면 다시 한 번 캣 쇼에 가도 좋아요" 하는 것이었다. 어째서 미국의 고양이 사육사 중에는 기묘한 얼굴 생김새를 한 사람들이 많은 건지(일본의 고양이 사육사에 대해서 말하는 것이 아니니까 부디 화내지 말기 바란다), 그 이유는 전혀 알 수 없다. 어떤 특별한 사정이 있을지도 모른다. 하지만 대놓고 "어째서 그런가요?" 하고 물어볼 수도 없고.

그런데 생각해보면 문호 톨스토이는 일찍이 '행복한 가정의 모습은 대개 모두 비슷하지만, 불행한 가정의 모습은 전부 각각 다르다'는 의미의 글을 썼다. 이 말은 확실히 인간의 얼굴에도 해당되는 말이라는 생각이 든다. 예를 들어 "굉장한 미인"이라고 말하면 대개 이미지가 떠오르는데 "머리가 아찔할 정도로 어처구니없이 못생긴 추녀"라고 말하면 전혀 이미지가 떠오르지 않는다. 나만 그런가? 나는 아내의 얘기를 듣고, 캣 쇼 대회장에 모여든 '기이한 얼굴을 한 사람들'에 대해서 필

2월의 거리에 있는 고양이

보기에도 추워 보인다. '으, 춥다, 추워! 이런 날에는 밖에 나
오고 싶지 않은데'라는 태도가 역력히 나타나 있다. 그렇지
만 이 고양이에게는 틀림없이 밖에 나와야만 하는 뭔가 중요
한 볼일이 있었으리라. 가령 오늘 발매될 예정인 펄 잼의 신
곡 CD를 사러 간다든가…… 말도 안 되는 얘기려나.

수빙 2

집요한 것 같지만 이것도 수빙. "수—빙, 수—빙……"이라고 무사태
평하게 불러대는 것은 아니고(저건 '무빙霧氷'이었던가?), 아무튼 굉장
히 춥다. 나뭇가지 사이로 뉴잉글랜드 겨울의 태양이 모습을 나타내고
있다. 근처 슈퍼마켓으로 쇼핑을 가는 것도 길이 미끄러워서 대단히 위
험하다.

사적으로 상상해보려고 노력했지만 전혀 떠오르지 않았다. 내 빈약한 상상력으로는 현실 세계를 초월하기란 쉽지 않은가 보다. 음, 역시 한번 가볼 걸 그랬다. 유감이다.

내가 하고 싶은 모든 것

앞에서 셰릴 크로의 CD를 자주 듣는다고 썼다. 지금도 카스테레오로 가끔 듣고 있다. 그 안에 들어 있는 히트곡 〈All I Wanna Do〉를 들을 때마다 가사의 딱딱하고도 세련된 느낌이 항상 마음에 들었다. 그런데 지난번에 보스턴에서 발행되는 신문을 보니까 가사를 쓴 사람이 소개되어 있었다. 역시 이 가사는 많은 사람의 관심을 끌었던 모양이다.

이 사람은 버몬트의 별로 유명하지 않은 작은 대학에 고용되어 창작과 강사를 하고 있었다. 완전히 무명 인사였다. 본래는 시인이었는데 이 세상의 시인 중 대다수가 그런 것처럼 시집을 내도 전혀 팔리지 않아서 하는 수 없이—인지 아닌지까지는 잘 모르지만—대학에서 '소설 작법과 시 작법' 같은 강좌를 열어 그걸로 생활비를 벌고 있었다. 가장 흔한 패턴이다. 이 〈All I Wanna Do〉는 그가 오래전에 자신의 시집에 넣어 발표한 시였는데 그 시집은 그의 말에 의하면 "전 세계에서 나 말고는 아마 아무도 읽지 않았다"라고 한다. 그리고 물론 그의 시집은 알려지지 않은 채 그대로 어딘가 소멸해버렸다.

그런데 자신의 곡에 어울릴 만한 멋진 가사가 없을까 하고 필사적으로 찾아다니던 셰릴 크로가 어떤 경로인지는 모르지만 샌프란시스코에서 우연히 이 시집의 〈All I Wanna Do〉라는 시를 발견한 것이다. "그래, 바로 이거야!" 하고 영감이 번뜩여서 그는 그 시에—속사정은 잘 모르지만(여러 가지 정경을 제멋대로 상상하는 것이 소설가라는 숙업이니까)—멜로디를 붙였다. 그리고 여러분도 알다시피 대히트를 쳤다. 후렴 부분은 편집을 했지만, 그 나머지는 대부분 원시原詩 그대로다. 차분히 들어봐주기 바란다. 그러면 굉장히 좋은 곡이라는 것을 느낄 수 있을 것이다. 혼자 자동차를 운전하면서 이 곡을 듣고 있으면 나는 자주 후렴 부분을 따라 부르게 된다.

"그런 책을 손에 들고 읽는 사람이 있었다니, 도저히 믿을 수 없어"라며 지금까지도 시인은 회의적인 모양이지만(아무래도 그는 비관주의적인 사람 같다), 그는 몇 주일 만에 작년 연봉만큼의 금액을 손에 넣었다고 한다. 참 잘된 일이다. 최근엔 거의 듣지 못했던 좋은 소식이다. 정말이지 인생은 어디로 굴러갈지 알 수 없다. "만월이 되지 않는 초승달이 없는 것처럼, 호전되지 않는 난국도 없다……"는 말을 여기서 확실하게 법칙화할 수 있다면 좋겠지만 그렇게 간단히 단언할 수 없다는 점이 쓰라리다. "사물은 어두운 측면 쪽이 보다 명확하게 법칙화될 수 있다"는 것도 무라카미-피터의 법칙 중 하나다.

그나저나 얼마 전에 '앞에는 호랑이 문, 뒤에는 경비병 초소' 라는 말이 문득 생각났는데, 이건 전혀 관계가 없는 말이겠지?

고타로의 행방,
새끼 고양이 사샤의
기구한 운명,
또 또 보스턴 마라톤

8년간의 방랑 시절과 '고양이 굶주림' 상태

3월 28일, 봄이 되어서 햇살도 완전히 부드러워지고, 고양이도 거리 여기저기에서 찾아볼 수 있게 되었다. 따뜻한 집 안에서 눈 치우는 일도 한 번 하지 않고 뒹굴뒹굴, 꾸벅꾸벅 졸면서 길고 험한 겨울을 지내온 보스턴의 고양이들도 겨우 '어영차, 이제 슬슬 밖에 나가볼까!' 하는 기분이 든 것이다. 고양이들이 거리에 얼굴을 드러내기 시작하면 그때야 비로소 봄을 느끼게 된다. '아아, 봄이로구나. 드디어 보스턴 마라톤의 계절이 다가왔구나!' 하는 식으로 말이다. 덧붙여서 꽃가루 알레르기가 시작되는 시기는, 그 방면의 권위자인 아내의 말에 따르면, 일본보다 한 달 이상이나 늦게 찾아온다.

나는 어렸을 때 항상, 겨울이 찾아와 날이 갈수록 추워지기

옆집 고양이 고타로

이 녀석은 내가 귀여워했던 옆집 고양이 고타로다. 꽤 귀
엽다고 생각하지 않나? 특별히 예쁘지는 않지만 성격은
참 좋다. 애교도 꽤 있는 편이다. 하지만 틀림없이 근처
암고양이들 사이에서는 인기가 그다지 높진 않을 거라
고 쉽게 추측할 수 있다. 본명인 '모리스'보다 내가 붙인
'고타로'라는 이름이 분위기로 볼 때도 딱 들어맞는다고
생각하는데, 어떤가?

시작하면 이 세상의 고양이들이 '혹시 이대로 세상이 자꾸만 추워져서 빙하기가 찾아와 모든 것이 꽁꽁 얼어붙어버리는 것이 아닐까' 하고 불안하게 느낄까 봐 걱정을 했지만(옛날에는 나도 참 한가했나 보다. 나 자신과 직접 관계없는 일까지 꽤 진지하게 걱정을 했다) 내 걱정에도 아랑곳하지 않고, 고양이들은 언제나 태평스러운 얼굴을 하고 느긋하게 난로 옆에서 잠을 잤다. 아무래도 고양이들은 그런 골치 아픈 일들을 곰곰이 생각하면서도 고민하지는 않는 것 같다. '겨울이 지나면 걱정하지 않아도 그 뒤에는 영락없이 다시 봄이 찾아오니까'라는 기초 지식이 틀림없이 유전자에 의해 대대로 전해져서 머릿속에 들어 있는 것이리라. 어쩌면 고양이라는 동물은 기질적으로 장래의 일을 일일이 신경쓰지 않을지도 모른다.

이런 이유로, 봄이 찾아와도 고양이들은 특별히 감동하는 기색도 없이 '이렇게 될 줄 다 알고 있었다니까……' 하는 식의 당연한 얼굴로 느릿느릿 밖으로 나온다. 하긴 그런 무감동이 고양이의 좋은 점이긴 하다. 그러나 올해는 어쩌된 셈인지 옆집 고양이 고타로(본명은 모리스)의 모습이 아직 보이지 않는다. 여느 때 같으면 뜰에서 뒹굴뒹굴 구르며 배꼽을 핥거나, 가족에게 쫓겨나 불만스러운 얼굴로 현관 계단에 앉아서 멍하니 거리를 바라보고 있을 고타로인데, 아무리 기다려도 그 모습이 보이지 않는다. 어쩌면 겨울 동안에 병이라도 나서 죽어버렸는지도 모른다. 고타로는 어딘지 모르게 요령이 없어 보이고 결단력도 없고 풍채도 보잘것없는 중년의 갈색 수고양이인데, 성격은 그다지 나쁘지 않았다. 아무래도 좋지만, 근처에 사는 고양이 소식은 왠지 모르게 신경이 쓰이는 법이다.

특히 나는 지난 8년 동안 거처를 한곳에 정하는 일 없이 거의 방랑자처럼 외국 생활을 한 탓에, 천천히 자리를 잡고 고양이를 키울 수 없었다. 그래서 근처에 있는 고양이를 이따금 귀여워함으로써 그럭저럭 심각한 '고양이 굶주림' 상태를 충족시키고 있는 처지였다. "저런 볼품없는 고양이를 귀여워하면 나한테 올 복도 달아나버린다고!" 하고 아내한테 핀잔을 들으면서도 고타로와 마주치면 나도 모르게 쓰다듬으면서 "착하지, 착하지!" 하고 귀여워하게 된다.

나도 딱할 만큼 고양이에 굶주려 있는 모양이다. 그때까지 일본에서 기르고 있던 고양이는 고단샤의 도쿠지마 씨 집에 원고를 써준다는 조건과 맞바꿔 거의 우격다짐으로 떠맡기고 와버렸다. 그 고양이는 분명히 열두 살 때 맡겼으니까, 지금은 벌써 스무 살이 넘었을 것이다. 하지만 도쿠지마 씨 가족한테 끔찍한 사랑을 받으면서 아직도 건강하게 살아 있다. 그 녀석은 머리가 엄청나게 좋은 샴고양이로, 내가 지금까지 기른 고

양이 가운데서 최고의 '복덩어리 고양이'였다. 이젠 우리 집 고양이가 아니지만 건강하게 언제까지나 오래오래 살아주었으면 좋겠다.

고양이 샤샤의 부활

고양이에 대한 얘기를 계속해볼까? 얼마 전 일인데, '살아서 돌아온 샤샤'라는 고양이가 보스턴에서 화제가 되었다. 샤샤는 갓 태어났을 때 모두들 죽었다고 생각해서, 어미 고양이의 주인이 그대로 뒤뜰에 묻었다고 한다. 그런데 사실은 일시적으로 의식이 없었을 뿐, 죽은 건 아니었다. 땅속에서 다시 의식을 찾아 야옹야옹 하고 울면서 구조를 요청했다고 한다. 다행히 이웃 사람이 야옹야옹 하는 그 가냘픈 소리를 듣고, 서둘러 땅을 파 여전히 희미하게 숨이 남아 있던 샤샤를 땅속에서 구해냈던 것이다. 어쨌든 이웃집 뜰의 지하 30센티미터 가량 깊이에 파묻힌 새끼 고양이의 조그만 울음소리를 알아들은 걸 보면, 그 사람은 굉장히 귀가 밝은 사람이 분명하다. 이런 사람이 이웃에 살고 있다면 굉장히 신경이 쓰일 것 같은 느낌이 든다. 하지만 새끼 고양이 샤샤에게 있어서는 운이 좋았다.

미국에서 이런 짓을 하면 동물 주인은 평소 같으면 '동물 학대법'에 의해 엄한 벌을 받게 되는데(그런 걸 일부러 법률로 정할 정도라면, 자동소총 판매 정도는 규제하라고 말하고 싶어지지만, 이만 생략하겠다), 이번에는 주인이 고양이가 죽었다고 생각해서 한 일이었기 때문에 무죄가 되었다. 그 대신 새끼 고양이는 그 고장의 '동물 보호소'에 인계되어(제대로 된 동물 보호소였다) 극진한 간호를 받게 되었다. 이 소식이 CNN 뉴스로 전해지자, 전국에서 사샤를 맡아 키우겠다는 편지가 '동물 보호소'에 쏟아져 들어와 조그만 소동이 벌어지기도 했다.

현재 사샤는 고양이를 굉장히 사랑하는 사람에게 인계되어 건강하게 쑥쑥 자라며, 매사추세츠 주의 교외에서 행복한 삶을 보내고 있는 모양이다. 크리스털 접시에 밥을 담아 먹고 있는 것 같다. 고양이에게 크리스털이라니, 뭐라고 해야 하나, 흐음…… 아무튼 축하할 일이다.

얼마 전에 보스턴에서 갓 태어난 자신의 아이를, 역시 산 채로 뜰에 파묻은 비정한 아버지가 있었다. 하지만 유감스럽게도 이번에는 이웃 사람이 알아차리는 일도 없이 그대로 죽고 말았다. 물론 그 아버지는 체포당했다. 우는 소리가 시끄럽다고 갓난아이를 고층 아파트의 창밖으로 내던진 어머니도 있었다. 역시 우는 소리가 시끄럽다는 이유로, 어머니가 갓난아기의 손을 펄펄 끓는 물에 담가 살이 녹아버린 경우도 있었다. 뼈가 보일 정도로 오랫동안 물에 담가놓았던 것이다.

아침에 일어나서 《보스턴 글로브》지를 펼치면, 언제나 한 가지 정도는 이런 비정한 인간들에 관한 비참한 기사를 읽게 된다. 물론 일본의 신문에도 이따금 이런 종류의 비참한 기사가 실리지만, 미국 신문에는 매일 이런 기사가 한 가지 이상 실리기 때문에 읽고 있으면 왠지 마음이 어두워진다. 그리고 깊은 무력감에 사로잡히고 만다.

이런 종류의 사건은 주소를 보면 대부분 빈민가에서 일어난다. 범죄자를 비난하고 벌하는 건 물론 당연하다. 하지만 그것만으로는 아마도 아무런 해결책이 되지 않을 것이다. 똑같은 비참한 사건이 며칠 안에 다시 일어날 것이다. 말하자면 절망적인 빈곤이 구조적으로 만들어내는 비인간적인 폭력 행위의 연쇄를 끝내는 것은, 새끼 고양이 사샤를 떠맡듯이 그렇게 간단히 해결되지는 않는다. 거기에는 동화가 끼어들 여지가 전혀 없다. 물론 모두 운 좋게 사샤처럼 행운을 만난다면 더 이상 할 말은 없지만 말이다.

겨우내 소설 쓰고 네 번째 보스턴 마라톤 도전

4월 17일, 보스턴 거리에 고양이가 얼굴을 내밀기 시작하면 '드디어' 보스턴 마라톤이 열릴 때가 된 것이다. 나는 지난겨울 동안 줄곧 진지하게 장편소설 집필에 몰두하고 있었기 때문에 마라톤을 대비해서 연습을 할 수 없었다. 나는 소설가지 직업적인 달리기 선수는 아니니까, 이건 어쩔 수 없다. 준비 부족으로 올해는 출전을 포기하는 게 당연하겠지만 보스턴에 머무르는 것도 올해가 마지막이라서 출전하기로 마음먹었다. 또 기록이 좀 나쁘면 어떤가 하는 식의 레이스 자체를 즐기려는 생각도 있었다. 운동화도 언제나 신는 레이스용의 가벼운 것을 신지 않고, 발이 상하지 않는 것을 우선으로 생각하여 러닝용의 단단한 운동화를 신었다.

내가 보스턴 마라톤에 출전하는 것은 이번이 네 번째였다. 대회 당일에는 감기 기운까지 있어서 컨디션도 좋지 않았다. 결과적으로는 형편없는 성적이었지만 어쨌든 한 걸음도 걷는 일 없이 최후까지 완주할 수 있어서 좋았다. 출발 직후 '아, 오늘은 영 틀렸다'고 생각했기 때문에 처음부터 각오하고 페이스를 떨어뜨렸다. 세 시간 45분쯤의 시간대로 가면 된다는 계산으로 달렸는데, 그래도 마지막에는 비틀비틀 쓰러지기 일보 직전이었다.

결승점까지 앞으로 1.6킬로미터 남은 BU다리 근처에서 온몸의 감각이 보자기가 풀어진 것처럼 완전히 제멋대로가 되어버렸다. '올해는 결승점까지 도달할 수 없는 게 아닐까?' 하는 생각을 했다. 그러나 아무리 힘들어도 그건 꼴사나운 일이다.

찰스 강에서 연습하는 보트 광경

찰스 강에서는 가을이면 항상 레가타 레이스(보트 경주 대회)가 열려서, 전국에서 대학 보트부 팀이 찾아온다. 일본에서도 분명히 도후쿠 대학 팀이 참가했다고 기억하고 있다. 영화 〈리버 와일드〉의 촬영 때문에 메릴 스트립이 혼자서 보트 연습을 했던 곳도 찰스 강이었다.

어떻게든 완주를 해야지 하고, 그것만을 생각하며 계속 발을 앞으로 내디뎠다. 언제나 결승점에 들어가자마자 곧장 차가운 맥주를 벌컥벌컥 들이켜고 정신을 차리곤 했는데, 이번에는 위가 메슥거려서 맥주는 쳐다보기도 싫었다. 정말로 힘이 들었다. 역시 풀코스는 몸의 컨디션이 완벽하지 않을 때는 무리해서 나가는 게 아니다. 이다음에는 소설 같은 것을 쓰지 말고, 제대로 연습해서 컨디션을 조절해야겠다고 이를 악물며 진지하게 결심했다.

하지만 글을 쓸 때도 그렇지만, 사람이 언제나 컨디션이 좋을 순 없다. 오랫동안 뭔가를 계속하자면 산도 만나고 골짜기도 만나는 법이다. 컨디션이 나쁠 때는 나쁜 대로 자신의 페이스를 냉정하고 정확하게 파악하여, 그 범위 안에서 어떻게든 최선을 다해나가는 것도 중요한 능력 중 하나라고 생각한다. 무리하지 않고, 고개를 치켜들고 꾸준히 참고 해나간다면, 다시 조금씩 컨디션이 되돌아오는 법이니까.

나이 탓인지, 나도 최근에는 점점 더 자이언트 야구팀의 오치아이 선수 같은 심정이 된다. 만일 이것이 3, 4년 전이었다면, 자신의 컨디션을 파악하지 못한 채 자만하며 처음부터 속도를 내서 심장 터지는 언덕 근처에 풀썩 쓰러져 숨을 거두지 않았을까 하는 느낌이 든다. 글쎄, 그처럼 앞뒤를 생각지 않는

저돌적인 행동이 청춘의 상징이라고 말해버리면 그것도 그렇다.

그러나 누가 뭐래도 보스턴 마라톤에 참가하는 것은 즐거운 일이다. 길가에서 일본 사람들이 "힘내세요!" 하고 일본어로 응원해주는 것도 굉장히 힘이 된다. 그럴 때는 정말 기쁘다. 달릴 때마다 '그래, 꽤 많은 일본인이 보스턴 지역에 살고 있구나' 하고 새삼 실감하게 된다. 일본인이라는 것 말고는 전혀 모르는 사람이니까, 평소에는 거리에서 스쳐 지나가도 인사도 하지 않는 관계다. 하지만 우연히 마라톤 42킬로미터를 달리고 있다는 것만으로 큰 소리로 말을 걸거나 손을 들고 싱긋이 미소 지으며 답하거나 하는 것이다. '옷깃만 스쳐도 인연……' 하는 느낌이 들어서 그리 나쁘지 않은 기분이다. 달리면서 '그래, 각자 열심히 이국땅(이라는 표현은 구식이지만)에서 살아가고 있구나. 나도 힘을 내야지' 하고 문득 생각하곤 한다. 사실 전혀 열심히 살고 있지 않은 경우도 있겠지만.

얘기가 달라지는데, 몇 년 전 오래 비워둔 일본의 우리 집을 대신 관리하며 1년 동안 가사도우미로 있었던 오언과 하이디라는 젊은 커플이 있다. 그들은 고베 지진으로 집이나 부모를 잃은 어린이들을 올여름 방학 때 시애틀의 자연 숲 학교로 초대하는 '고베 어린이들을 위한 캠프'라는 자원봉사 모임을 미국에서 조직하고 있다. 기금 조성도 예상 밖으로 잘되어서 그럭저럭 실현될 것 같다는 얘기였다.

내가 10대를 보냈던 아시야 시市의 집도—뭐 그리 대단한 집은 아니지만—지반이 잘못되어서 살 수 없게 되었다고 한다. 재난을 당한 고베, 아와지시마의 여러분도 여러 가지로 힘들겠지만 힘내시길.

후일담

'고베 어린이들을 위한 캠프'는 무사히 성공을 거두어서 오언과 하이디 부부는 무척 기뻐하고 있었다. 그 뒤 도쿄에서 그 부부를 만났는데 "어린이들은 정말 모두 훌륭했어요. 굉장히 좋은 체험이었어요" 하고 말했다. 하지만 그들은 동시에 의아스러운 점을 내게 솔직하게 밝혔다. "어째서 일본인들은 정신적으로 심각한 상처를 입은 어린이들을 돌보기 위한 정신과 의사나 카운슬러를 충분히 확보하지 않는지 모르겠어요. 그건 매우 중요한 일이잖아요. 별 필요도 없는 사람들이 줄줄이 따라올 정도라면, 그런 전문가를 데리고 가야 하는 것 아녜요?" 나도 그들 부부와 얘기를 나누면서, 그 말에 깊이 동감했다.

도쿄에서 옴진리교 신도들이 집단으로 가공할 독가스인 사린을 뿌렸던 사건의 피해자 경우도 그렇다. 눈에 보이지 않는 정신적인 상처가 대부분 등한시되어, 그 때문에 돌이킬 수 없는 결과를 낳는 경우가 많은 것 같다.

또한 그들은 일본 관청의 관료주의적인 어리석음을 어처구니없어 하며 화를 냈다. 그 심정도 잘 알 것 같다.

무리하게
습격당한 집오리,
친숙한 냄새,
랭고리얼은 무섭다지

뉴스 이외에 내가 보는 TV 프로그램

나는 뉴스 이외에는 TV 프로그램을 보는 일이 거의 없다(미국에서나 일본에서나 특히 이건 꼭 봐야지 하고 생각되는 프로그램은 유감스럽게도 눈에 띄지 않는다). 그래도 이따금 진귀한 영화라든가 예전에 못 본 영화를 방영하는 때가 있으면 그때는 맥주와 마른안주를 준비하여 TV 앞의 흔들의자에 앉아 한가로이 두 시간쯤 시청하면서 즐기곤 한다.

지난번에는 로널드 레이건과 낸시 부인이 함께 출연하는(아직 결혼 전이라 이름은 낸시 데이비스로 되어 있다) 〈해군의 말괄량이들 Hellcats of the Navy〉을 방영하고 있었다. 사실 아주 깜짝 놀랄 만큼 지독한 연기였다. 그러나 나는 마침 그때 제2차 세계대전에 사용했던 미국 잠수함 구조를 연구하고 있었기 때문에, 영상 자료 측면에서는 그런 대로 도움이 되었다. 그러나 영화는 정말 지루했다.

최근에 본 오래된 영화 가운데 가장 볼 만했던 것은 큐브릭의 초기 작품인 〈킬링〉이었다. 다큐멘터리풍의 정교한 흑백 영상이 차갑고도 굉장히 메마른 분위기로, 바삭바삭하게 건조되어 있는 듯해서 좋았다. 그리고 로런스 하비가 제2차 세계대전 직후의 도쿄를 무대로, 고독한 일본계 미국인 사진가로 나오는 〈타미코라는 이름의 소녀〉도 상당히 진기한 작품이었다. 스콧 피츠제럴드가 시나리오를 쓴 것으로 유명한 〈세 전우〉나 레이먼드 챈들러가 시나리오를 쓴 〈블루 달리아〉 등을 비디오에 담을 수 있었던 것도 수확이었다. 전자는 끝까지 보기가 좀 힘들었지만, 앨런 라드가 주연한 후자의 어둡고 나른한 1950년대 필름누아르풍의 정취는 지금도 충분히 공감할 수 있었다. 챈들러적인 문법도 그대로 남아 있어서 재미있었다.

그다지 진기한 작품은 아니지만, 클린트 이스트우드가 주연한 마이클 치미노 감독의 〈대도적〉을 상영했을 때 놓쳤기 때문에, 지난번에 TV로 방영되는 걸 보았다. 템포가 느려 '지금 보면 좀 낡은 영화구나' 하는 느낌은 들었지만, 세속을 초월한 듯한 제멋대로 식의 작풍은 나쁘지 않았다. 안 보기엔 아깝다. (그러나 이 무렵의 이스트우드는 지금 보면 정말 서투른 배우였다.)

그런데 영화 속에서 독특한 캐릭터인 악당 비슷한 역할을 맡고 있는 조지 케네디가, 귀찮게 구는 건방진 아이를 향해 "Hey, kid…… fuck a duck!" 하고 호통 치는 신이 있었다. 그런 표현을 들어본 건 처음이었다. 그 단어를 찾으려고 내가 갖고 있던 몇 권의 영어사전을 뒤져봤지만 'fuck a duck'이라는 표현은 전혀 기재되어 있지 않았다. 사전에 관해서는 모르는 게 없는 지인 시바타 모토유키 씨에게 물어봤더니 랜덤하우스에서 펴낸 두꺼운 속어 사전 《Historical Dictionary of American Slang》에 나와 있다고 알려주었다. 그 사전을 바로 구해 살펴봤더니 확실히 실려 있었다. 의미는 영어의 'go to hell!' 혹은 'get out!'과 같다. 즉 요컨대 '꺼져!'라는 뜻이다. 낱말을 그대로 직역한 대로 '집오리를 퍽 하라'는 의미가 아니었던 셈이다. 하지만 집오리를 'fuck' 한다는 시각적인 이미지가 뭐니 뭐니 해도 굉장히 우습지 않은가. 그 이후로, 뭔가 화가 나는 일이 있을 때마다 "Hey, fuck a duck" 하고 상대에게 그만 말해버릴 것만 같아 스스로도 어쩐지 두렵다. 최근에는 일본 남성 사중창단인 다크 덕스의 멤버 중 한 사람이 설인(히말라야 산맥에 산다는 사람 비슷한 괴물—옮긴이)인가 뭔가에게 '퍽' 당하는 장면까지 망상적으로 뇌리를 스쳐가게 되어버렸다. 이 역시 두렵다.

덧붙여 말하자면—이런 건 기억하고 있어도 시험에는 전혀

오리와 나

이것은 앞에서도 나온 버몬트의 '오리의 언덕' 사진이다.
집오리 이야기여서 여기에 다시 등장한다.

"아가씨, 아가씨, 맛있는 게 있으니까 이리로 와. 무섭지
않아" 하고, 제2차 세계대전 직후에 주둔했던 병사 같은
더듬거리는 목소리로 집오리를 부르고 있는 참이다. 그
러나 나와 집오리 사이의 거리는 좀처럼 좁혀지지 않는
다. 저녁 해가 천천히 산기슭으로 지고 있다.

도움이 되지 않으리라고 생각하지만—이게 'fuck the duck'이 되면 '일하지 않고 적당히 게으름을 피운다'는 다른 의미가 되는 모양이다. 말이라는 건 여러 가지로 어렵다. 고작 집오리 한 마리를 '픽' 하는데도 '한 마리의 그 부근에 있는 집오리[a]'와 '거기에 있는 특정한 집오리[the]'의 차이가 있어서 영어는 두려운 것이다. 관사 하나도 소홀히 할 수 없다.

담배보다 덜 해로운 마리화나 체험

토요일인 4월 29일에 내가 소속된 터프츠 대학의 자치회에서 매년 주최하는 캠퍼스 야외 콘서트가 있었는데, 금년에는 B. B. 킹이 출연했다. 교직원의 요금은 5달러다. 이 시기의 미국 대학은 일단 강의는 끝나고 시험이나 논문을 제출할 때까지는 약간의 여유가 있는, 말하자면 마음이 들뜨는 단거리달리기와도 같은 시기다. 그래서 학생들 사이에는 '한바탕 떠들썩하게 놀고 싶다'는 느낌이 이는 시기인 모양이다. 그래서 모두 차가운 맥주 팩을 담은 가방을 손에 들고 모여든다.

미국은 21세 미만인 사람의 음주를 엄하게 단속하고 있다. '21세 이상인 사람'이 들어가는 곳과 '그 이외의 사람'이 들어가는 입구가 따로 있으며, 21세 이상 학생들만이 한 사람당 두 병까지 맥주를 갖고 들어갈 수 있다. 그리고 입구에서 나이를 증명하는 두 종류의 신분증을 제시해야 한다. (이 나라에서는 한 장으로는 신용할 수 없는지 흔히 두 장의 신분증을 요구하는 경우가 많다.) 자동 권총을 휴대한 학교 경찰이 입구에 서서, 삼엄하고도 엄격하게 체크한다. 19세나 20세 정도라면 맥주 정도는 마셔도 좋지 않을까 하고 나는 생각하지만.

하지만 일단 안에 들어가버리면, 21세 이상과 이하는 같은 장소에서 만나게 된다. 그리고 그 안에서는 나이 구별 없이 떠들어대며 모두들 열심히 술을 마신다. 어디선가 그리운 마리화나 냄새가 풍겨온다. 학생들에게 "아니, 마리화나 냄새가 나는데?" 하고 말하니까 "아, 선생님(이라고 우선 불리고 있다)이 학교 다니시던 무렵에도 마리화나가 있었습니까?" 하고 물어왔다. 농담하지 말라고. 그런 건 먼 옛날부터 있었던 거야. 마리화나, 해시시 따위는 예전에는 싫증이 날 만큼 피웠다고…… 물론 이는 과장된 말이다.

그래도 미국에 살고 있으면 마리화나를 피울 기회가 자주 있다. 특히 '1948년을 전후한 베이비 붐 세대'인 대학교수는 "이봐요, 무라카미 선생. 좋은 게 있는데, 한 대 피우지 않겠어요?" 하고 말을 건네온다. 물론 나는 굳이 거절할 이유도 없으니까 "그럽시다" 하고 대답하고 그의 방으로 가서, 오래전부터 내가 좋아했던 딜런 등을 그리운 정을 느끼며 들으면서 "좋죠?

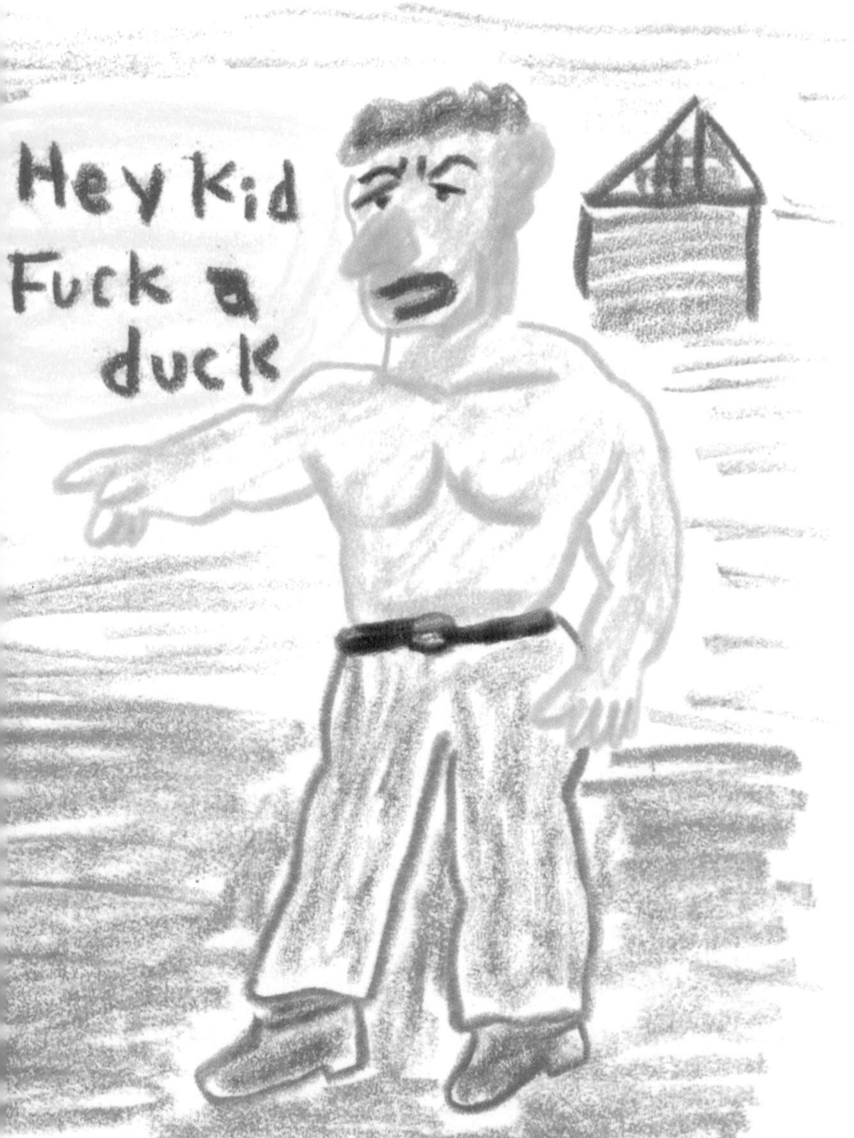
Hey Kid
Fuck a
duck

그립죠?" 하고 말한다. 〈애니멀 하우스의 악동들〉이라는 영화에서 도널드 서덜랜드가 연기한 히피적인 영문과 교수의 분위기 그대로다.

나는 오래전에 건강을 위해 담배를 끊은 사람이지만, 경험으로 말하면, 담배는 마리화나보다 훨씬 몸에 해롭다. 마리화나는 담배와는 달라서 중독성도 없다. 따라서 마리화나를 조금 피우기만 해도 마치 범죄자처럼 뭇매를 맞는 일본의 사회적 풍조는 이치에 맞지 않는 것 같다. 미국에서는 개인적으로 즐기는 수준의 마리화나 흡연은 대체로 너그러이 봐주는 경우가 많고, 주州에 따라 조금씩 다르지만, 소지하고 있는 게 경찰에게 발각되더라도 벌금형에 처해지는 정도다. 그 정도의 법률 적용이 타당하다고 생각한다.

하지만 미리 말해두겠는데, 나는 일본에서는 절대로 마리화나를 피우지 않는다. 그만큼의 손해를 불러일으킬 만한 가치가 있는 것도 아니니까.

난 맥주를 갖고 들어가, 음악을 들으며 잔디밭 위에서 한가로이 일광욕이라도 할 작정이었다. 하지만 정오 무렵부터 급격히 기온이 떨어지는 바람에 너무 추워서 맥주를 마실 기분이 아니었다. 뉴잉글랜드 지역에는 이따금 그런 날이 있다.

'아, 오늘은 따뜻할 것 같군. 이제 완연한 봄이구나' 하고 생각하고 있으면, 마치 사람을 놀리듯이 순식간에 기온이 떨어져, 갑자기 우박이라도 내릴 것처럼 기후가 변해버린다. 그날도 마찬가지였다. 도저히 맥주를 마실 기분이 나지 않아, 얇은 비닐 코트를 걸치고 부들부들 떨고 있었다. 학생이 맥주를 한 병 주었는데 나로서는 드물게도 절반을 남겼다. 그러나 미국인 학생들은 반바지 차림에 상반신은 벌거벗은 채 즐거운 듯이 맥주를 들이켜고 춤추며 떠들어대고 있었다. 원기가 왕성하기 때문인지, 억지로 그러는 건지, 추위에 익숙해져 있기 때문인지, 성욕이 남아도는지, 혹은 단지 무디기 때문인지 나로서는 판단하기 어려웠다. 그러나 도저히 그들의 행동을 따라할 수 없다는 것만은 확실하다.

보스턴 교외의 언덕 위에 자리 잡은 터프츠 대학에는 왠지 모르지만 흑인 학생이 적고 대부분이 백인 학생(유대계가 많다고 한다)이다. 그밖에는 일본, 한국, 중국 등의 아시아계 학생이 많다. 그래서 얼핏 보기에는 B. B. 킹의 콘서트 분위기와는 인연이 멀 것 같지만 실제로는 모두들 흥이 고조되어 있었다. 젊은 이들이 잘 마시지도 못하는 술을 벌컥벌컥 마시고는 비틀거리거나 토하고, 도처에 아무렇게나 드러누워 있는 광경은 물론 세계 어디서나 익숙한 광경이긴 하다. 그러나 마약에 취한

터프츠 대학의 캠퍼스에서 열린 B. B. 킹의 콘서트 풍경
B. B. 킹의 조카가 백밴드에 들어가 색소폰을 불고 있
다. 밴드로서의 음향 조정에는 치밀한 면이 별로 느껴지
지 않는 대신 구성 인원만은 제법 많다. 뭐 그런 대로 좋
았지만.

듯한 학생이 난투 끝에 경찰에게 깔아 눕혀지고, 수갑이 채워져 연행되는 등의 거친 범인 체포극도 벌어져, 꽤나 시끌벅적하고 볼썽사나운 콘서트였다. 무대로 뛰어올라가 B. B. 킹에게 키스를 하다가 붙잡힌 학생도 있었다. 터프츠 대학은 고생을 모르고 자라 세상 물정에 어두운 학생들이 모인 대학으로 알려져 있지만, 뭔가를 할 때는 꽤나 열정적으로 하는구나 싶어 감탄스러웠다. 좋다! 젊은이라면 그 정도의 활력은 있어야한다. 흥겨운 나머지 도를 지나치는 일 정도는 한 번쯤 벌여야젊은이답다는 게 내 신조다.

하지만 추위에 약한 나는 유감스럽게도 기후 탓에 흥이 나지 않았다. 그리고 어차피 블루스 음악이니까 무대가 좀 더 세련되어도 좋지 않나 하는 느낌을 개인적으로 가졌다. 하지만마지막으로 연주한 〈The Thrill is gone〉은 정말 기대한 만큼만족스러웠다.

스티븐 킹의 집 구경

5월 10일, 케임브리지의 한 고급 콘도미니엄 로비에서 사람을 기다리고 있는 중에 일어난 일이다. 배달하는 사람이 관리인에게 서류를 건네면서 "스티븐 킹이 보내온 겁니다" 하고 말하여, 나는 나도 모르게 의자에서 굴러떨어질 뻔했다. 스티븐 킹은 메인 주에 살고 있지만 케임브리지에도 다른 저택을 갖고 있고, 이따금 보스턴 레드삭스 시합을 구경하러 오기 때문에 이곳에서도 유명하다. 대체 스티븐 킹이 누구에게 어떤 식의 무서운 느낌을 주는(아마도) 것을 보내왔는지 나로서는 무척 알고 싶었지만, 유감스럽게도 시간이 없어서 그걸 확인할 수는 없었다.

그러나 나중에, 보스턴에 스티븐 킹이라는 이름의 유명한 카펫 상인이 존재한다는 우습지도 않은 사실을 알게 되었다. 요컨대 단순한 카펫 배달에 지나지 않았던 것이다. 원, 참. 덧붙여 말하자면 스티븐 킹이 소유하고 있는 케임브리지의 집에는 꽤 근사한 석루조(건축에서 낙숫물받이로 만든 괴물 형상—옮긴이)가 마련되어 있다. 그래서 틈이 났을 때 일부러 보러 갔다. 남이 내 집을 보러 오면 언짢은 느낌이 들지만 반대일 경우에는 보러 간다. 한심하다고 할까, 인간이라는 것은 정말 제멋대로가 아닌가.

그런데 스티븐 킹의 중편소설을 원작으로 한 ABC TV의 미니시리즈가 며칠 전에 방영되었다. 〈랭고리얼The Langoliers〉이라는 기묘한 타이틀로, 두 시간씩 이틀로 나누어 방영되었는데, 첫 회분을 보았을 때는 가슴이 설렐 만큼 굉장히 재미있었다. 주연은 딘 스톡웰 그리고 영화 〈비밀의 화원〉에 나왔던 여

오레니크 씨 댁의 딸

열네 살의 아주 예쁜 여자아이였다. 일본의
초등학교에 다닌 적이 있기 때문에, 일본어도
꽤 잘한다. 오레니크 씨 일가와는 근처의 재
즈 클럽에 가서, 함께 에타 존스의 라이브를
들었다.

자 배우가 출연했다. 신문에서는 이 TV 프로그램에 대해 혹평을 서슴지 않았다. 같은 ABC 제작의 미니시리즈 〈스탠드〉도 참담한 평가를 받은 작품이었다. 그래서 그다지 기대하지 않고 보았는데, 첫 회분은 생각했던 것보다 잘되어 있었다. 인기가 있었던 〈쇼생크 탈출〉도 캐시 베이츠가 열연한 신작 〈돌로레스 클레이븐〉이라는 영화도 그리 나쁘진 않았지만, 제작자의 자세가 마치 반장 모범생처럼 너무 직선적으로 밀고 나간 듯한 느낌을 주었다.

그렇다면 이 〈랭고리얼〉 쪽이 정크푸드처럼 음산한 느낌을 주어, 즉 스티븐 킹다운 작품이어서 오히려 더 좋지 않을까 하고 생각하여 기운을 내서 완결편을 보았는데…… 흐음, 흐음, 이게 뭔가? 마지막에 모습을 나타내는 수수께끼의 랭고리얼이 이 모양이라면 당연히 시청자는 실망할 수밖에 없다. 웃음밖에 나오지 않을 거다. 결국 가장 무서웠던 것은 게스트로 출연한 스티븐 킹의 박진감 있는 연기였다.

아아, 내 귀중한 밤의 네 시간이 대체 어떤 암흑의 공간에서, 어떤 랭고리얼에게 먹혀 사라져버렸는가. 이제 다시는 TV를 보지 않을 테다.

살아 있었던 고타로,
앨버트로스의
위험한 운명,
낙지가 죽는 길

고양이 고타로를 향한 그리움과 근심

이웃집 고양이인 고타로가 언제부턴가 보이지 않게 되었다. 혹시 겨울 동안에 병들거나 사고로 덜컥 죽어버린 게 아닐까 하고 언급한 적이 있을 것이다. 하지만 그 후 고타로가 여전히 건재하다는 걸 알게 되었다.

집주인인 스티브를 길에서 만났을 때 "요즘 이웃의 모리스(고타로의 본명)가 보이지 않던데, 어떻게 된 걸까요? 혹시 알아요?" 하고 물어보았다. "아, 하루키 씨, 모리스는 지난번에 이사 갔어요. 옆방에 세 들어 살던 제임스가 기르는 고양이였는데, 제임스는 지난 1월에 결혼을 했거든요. 그래서 렉싱턴에 집 한 채를 사서, 그리로 이사 갔어요. 정원이 딸린 상당히 큰 집인가 봐요. 뭐, 모리스도 기뻐하겠죠. 하긴 그 고양이가 보이지 않게 되니 좀 섭섭하군요" 하고 말했다.

사실 나는, 자기 집 정원을 언제나 깨끗하고 소중하게 손질하는 스티브가, 이따금 정원에 똥을 누고 가는 모리스 아니 고타로(하긴 나도 몇 번인가 그 현장을 목격했다)를 미워한 나머지 쥐약이나 다른 뭔가를 사용하여—쥐약으로 고양이를 죽인다는 것도 이상하지만—독살하고, 몰래 어딘가에 묻어버린 게 아닐까 하고 속으로 의심하고 있었다.

스티브가 이사 간 고타로를 그리워하고 있다니, 솔직히 말해 꿈에도 생각지 못한 일이다. 언제나 생각하는 것이지만 근거 없이 사람을 의심해서는 안 된다.

그러나 별다른 특징도 없는 중년의 수고양이인 고타로가 렉싱턴의 큰 저택의 고양이가 되어, 깨끗이 깎아 손질을 한 앞마당의 잔디 위에 똥을 누거나, 혹은 현관 앞에서 다리를 벌리고 그 변변치도 않은 성기를 할짝할짝 핥고 있으리라고 생각하니 약간 이상한 느낌이 든다.

제임스의 아내가 "여보, 이런 이상한 고양이를 기르면 우리 운까지 나빠져버릴 것 같아요. 저수지에 데려가서 버리고 와요"라고 하지 않았으면 좋으련만 하고 생각한다.

남의 집 고양이에 대해서까지 계속 안부를 걱정하고 있는 내가 한심하긴 하지만 말이다.

카우아이 섬의 고양이

길을 걷다가 만났다. 태평스러운 기분으로 불렀
더니 태평스레 다가왔다. 하와이의 고양이는 뉴
잉글랜드 고양이에 비해, 역시 성격이 약간 느긋
한 것 같다.

낭만적인 부부

이곳에서 해가 지는 모습을 구경하는 사람은, 젊은 커플보다는 오히려 약간 나이를 먹은 커플이 많다. 뮤지컬 영화 〈남태평양〉의 현지촬영이 있었던 곳 부근이기 때문에 그 영화를 본, 같은 공감대를 가진 사람들이 찾아오는 것 같다. 머리가 벗어진 사람, 뚱뚱한 사람, 추레한 사람, 지쳐버린 사람 등을 환영하는 따뜻한 분위기가 제법 있다.

착실한 집주인

집주인인 스티브는 건축가로, 케임브리지의 페이엣 가에 있는 3층짜리 건물의 1층에 살고 있다. 내가 2층이고, 3층에는 젊은 의사 커플이 산다. 스티브는 내가 지금까지 살아오면서 만났던 사람들 중 드물게 착실한 집주인 중 한 사람이다. 어쨌든 직업이 건축가다 보니, 무슨 일이 생기면 금방 와서 수리해준다. 화장실이 하나 더 있으면 좋겠다고 말하자 "알았어요, 내게 맡겨둬요" 하고 말하고는 다음 달에 바로 벽장 하나를 치우고 화장실로 고쳐주었다. 이해가 빠르다고 할까, 아무튼 성격이 꼼꼼하다.

집을 빌리기 전에 중개해준 부동산업자에게 "약속한 대로 건물 주인이 우리가 입주하기 전에 제대로 청소를 하고 벽의 페인트칠도 다시 해줄까요?" 하고 물어본 적이 있다. 부동산업자는 "그건 100퍼센트 틀림없을 테니까 걱정하지 마요. 그 '꼼꼼한meticulous' 스티브가 청소를 하지 않을 리 없잖아요? 하지 말라고 해도 틀림없이 몰래 숨어서 청소를 할 겁니다" 하고 대답했다. 그때는 부동산업자가 무슨 말을 하는지 잘 알 수 없었지만, 입주한 다음에 '정말 그렇구나' 하고 실감할 수 있었다. 아무튼 입주한 첫날부터 집을 청소하는 방식이나 바닥을 손질하는 방법을 아주 세밀히 가르쳐주는 것이었다. 확실히 집은 깨끗했지만, 그렇게 유지해가기 위해서는 우리도 매일 충분한 노력을 기울이지 않으면 안 되었다.

그래도 청소만 제대로 해두면, 스티브는 결코 까다로운 사람이 아니었다. 차라리 조용하고 지적인 인물이다. 앞에서도 말한 것처럼 그는 취미로 정원 가꾸기를 좋아하여, 뒤뜰의 작은 채소밭에 방울토마토와 루콜라를 재배했다. 여름 동안에는 우리도 자유로이 따 먹을 수 있도록 해주었다. 정말 싱싱하고 맛있었다. 그렇게 친절한 사람은 흔치 않을 것이다.

내 풍부한 이사 경력으로 말하건대, 성실한 집주인을 우연히 만날 수 있는 확률은 고베 타이거즈가 우승할 확률보다 낮다. 스티브와 2년간 한지붕 아래 살면서, 그와는 아무런 문제도 없었다. 스티브도 "당신들은 조용하고 멋있는 사람들이에요. 방을 아주 깨끗이 사용해줘서 고마워요" 하고 말해주었다. 그러나 솔직히 말해, 한 달에 두 번씩 납작 엎드려 나무 바닥에 왁스칠을 하는 건 괴로웠어요, 스티브. 당신이 우리 집에 올 때마다 심각한 얼굴을 하고 가만히 바닥을 바라보는 바람에, 나로서는 열심히 문질러 닦을 수밖에 없었다고요.

스티브는 그 집을 무척 소중히 여겼으며, 건물 안에서는 절대 담배를 피우면 안 되었다. 나는 6월에 그 집에서 나왔는데, 우리 다음으로 요가에 열중하는 컴퓨터 프로그래머가 들어오게 되어 있는 모양이었다. "이번에 들어올 사람도 조용하고 깨끗할 것 같아요" 하고 스티브는 싱글거리며 만족스레 말했다. 어쩐지 같은 상황이 되풀이되고 있는 듯한 느낌이 든다. 괜찮을까. 친절한 스티브의 신변에 나쁜 일이 일어나지 않았으면 좋으련만.

아내 귀국 후 2주간의 미대륙 횡단

6월에 스티브의 아파트에서 이사한 후에, 아내는 일본으로 돌려보냈다. 사진작가인 에이조와 둘이서 아메리카 대륙을 횡단하기로 했기 때문이다. 볼보의 스테이션왜건을 빌려 오하이오, 일리노이, 사우스다코타, 몬태나, 유타 주로 이어지는 북쪽으로 돌아가는 코스를 달려 캘리포니아까지 대략 2주일 만에 주파했다. 모처럼 미국에 살고 있을 때를 이용해, 마지막으로 자동차를 타고 천천히 대륙 횡단 여행을 하면서 아메리카 내륙을 구경해보고 싶었다. 아내는 이사하느라 지쳐버려, 그런 힘든 긴 여행에는 관여하고 싶지 않다고 말하여, 건강한 에이조와 동행하기로 했다. 미국은 아무튼 넓은 나라다. 아무리 달려도 같은 풍경이 한없이 계속된다. 마지막에는 경치를 보는데도 싫증이 났다. 이렇게 넓은 곳을 구석구석까지 잘 개척해놓았구나 하고 감탄할 수밖에 없었다.

아메리카 대륙 횡단도 끝나고, 그다음에는 하와이의 카우아이 섬에서 한 달 반을 보냈다. 도쿄에서 날아온 아내와 거기서 재회했다고 말할 정도로 중요한 것은 아니지만 아무튼 합류했다. "한 달 반이나 하와이에 있었으면, 피부가 많이 그을렸겠네요" 하고 말하겠지만 유감스럽게도 그렇진 않았다. 매일 비가 내렸고, 해야 할 일도 있었다. 아침마다 근처에 있는 스포츠클럽에 가서 한 시간쯤 헤엄치는 것 말고는 거의 밖으로 나가지 않았다. 방에서 글을 쓰거나 드러누워 책을 읽곤 했다. 이따금 호텔 로비의 책상에서 파워북520의 키를 탁탁 두드리고 있으면, 지나가던 미국인 여행객이 '이런 데까지 와서 일본인은 일을 하다니, 정말 바보 같은 짓이군' 하고 생각하는 듯한 어이없는 얼굴로 바라보기도 했다. 어쩔 수 없어, 흥, 난 장편소설을 고쳐 써야 한다고.

이 섬에는 앨버트로스가 많이 서식하고 있는데, 사진을 보아도 알 수 있는 것처럼, 이 새는 상당히 귀여운 새다. 뭉실뭉실한 몸매를 하고, 경계심이 거의 없으며, 사람이 다가가도 달아나지 않는다. 가까이 다가가니 부리로 달그락달그락 소리를 내며 "뭐야, 넌, 뭐야, 덤벼들 셈이야!" 하고 말하는 것처럼 위협하지만 그다지 무섭진 않다. 게다가 앨버트로스는 그것도 귀찮은지 잠시 후에는 적당히 그만둔다. 그리고 괜찮다는 듯

아직 더부룩한 머리털이 남아 있는 새끼 앨버트로스

날개를 한껏 펴고, 자, 슬슬 나도 날아올라야겠다고 결심하고 있는 참이다. 하지만 아직 나는 방법을 잘 알지 못하여, 바람이 불어오면 투닥투닥하고 달려가 조금 날아오르는 연습을 하고 있는 단계다. 그러나 아마도 지금쯤은, 이 앨버트로스도 넓은 바다 위를 한가로이 비행하고 있으리라.

한 태도로 그저 멍하니 서 있다. 쉽게 잡힌다 해서 신천옹信天
翁이라 불리는데, 세계적으로 멸종되어가고 있는 것도 무리가
아니라는 생각이 든다.

앨버트로스는 새끼일 때는 곱슬곱슬한 검은 머리가 더부룩
하게 자란다. 그런데 이유는 알 수 없지만 다 자라 하늘을 날
수 있을 정도가 되면 머리털이 모두 빠진 민머리(이건 확실히 차
별 용어가 아니다)가 되어버린다. 그리고 다 자란, 머리가 반들반
들 벗어진 앨버트로스는 이제 슬슬 날아봐야지 하는 듯한 동
작으로 커다란 날개를 펴고 하늘로 날아올라, 2년 정도는 쉬지
않고 계속 바다 위를 날아다닌다. (이따금 배의 돛대 꼭대기에 앉아서
쉬는 것 외에는 전혀 쉬지 않는 모양이다.) 그리고 2년 후에 정확히 같
은 장소로 돌아와 교미하고, 거기에 정착하여 새끼를 낳아 기
른다. 정말 별난 새다.

"하지만 2년에 한 번이라니 지독하군요, 하루키 씨" 하고 근
처에 사는 서퍼 겸 화가인 크리스가 앨버트로스를 바라보면서
감탄했다. "'이봐요, 허니(코맹맹이 소리로), 그로부터 꼭 2년 지났
어요. 어때요, 슬슬 하지 않을래요?' 이렇게 되겠군요. 하지만
2년이라니, 하하하."

확실히 2년에 한 번 한다는 건 심하다. 하지만 내가 알고 있
는 사람 중에는 '아내와 윤년에 한 번 잔다'고 말하는 사람도

있으니까, 그리 심한 게 아닐지도 모른다. 나는 잘 모르겠다.

앨버트로스는 몸체가 커서 날아오르는 데 상당히 시간이 걸린다. 특히 비행에 아직 익숙하지 않은 새끼 앨버트로스는 바람을 잘 선택하여 도움닫기를 길게 하지 않으면, 좀처럼 하늘로 휙 날아오를 수 없다. 그런 이유로 앨버트로스가 새끼를 기르기에 적당한 장소는, 바람이 세게 부는 바다와 접한 벼랑 위의 탁 트인 곳이다. 아무튼 요령을 잘 부리는 생물이라고는 할 수 없으리라.

어쨌든 그 트인 벼랑 끝을, 새끼 앨버트로스가 열심히 달려가서 비틀거리며 떠오른다. 이것은 꽤 볼 만한 구경거리다. 순조롭게 떠올랐을 때에는 박수를 크게 보내주고 싶어질 정도다. 하지만 그중에는 잘 날아오르지 못하고, 벼랑에서 떨어져 목숨을 잃고 마는 가엾은 앨버트로스도 있는 모양이다. 정말 불쌍하다. 소설가의 운명도 정말 기구하고 위험 부담이 많은데, 그런 면에서는 앨버트로스도 결코 뒤지지 않는다.

태풍에 황폐해진 카우아이 섬에서

카우아이 섬은 3년 전에 역사상 전례가 없는 강렬한 태풍 '이니키'가 엄습하여, 온 섬이 파괴되는 지독한 상황을 겪었다. 아무튼 비바람이 무시무시하게 몰아쳐 수많은 집의 지붕이 날

아가거나 부서지고, 나무가 쓰러지고, 어떤 곳에서는 산사태가 일어나 산의 형태까지 변해버렸다. 카우아이의 책방에 가보면 〈이니키 태풍의 기록〉이라는 비디오를 팔고 있는데, 이걸 보면 그때의 태풍이 얼마나 무시무시했는지 실감할 수 있다. 흥미가 있는 사람은 사 보기 바란다. 비디오의 내용은 기본적으로는 진지한 것이지만, 집들이 큰 피해를 입었는데도 태풍이 몰아친 이튿날 아침에 〈이니키의 노래〉라는 곡을 만들어, 우쿨렐레를 치면서 노래하고 있는 사람도 있어, 과연 하와이구나 하고 생각하게 하는 이상한 비디오다.

이곳에는 내가 아는 사람이 몇 명 살고 있었는데, 그 사람들도 태풍이 몰아쳤을 때 심각한 피해를 당한 모양이었다. 수도나 전기도 오랫동안 복구되지 못했다. 대부분의 호텔도 폐쇄됐기 때문에, 섬사람들은 직업을 구하기조차 어려워진 모양이었다. 하지만 지독한 꼴을 당한 것은 주민만이 아니다. 태풍은 자연에도 역시 깊고도 커다란 상처 자국을 남겼다. 오랜만에 섬을 찾아간 사람들은 식물의 생태계가 모조리 변해버린 걸 보고 우선 놀라게 될 것이다. 카우아이는(특히 노스쇼어는) 비가 많이 내려 녹색식물이 아름다운 것으로 유명한 곳인데, 자세히 보면 식물의 종류나 분포, 그 수형樹形이 얼마 되지 않은 사이에 많이 변해버린 걸 알 수 있다.

나는 전에 이곳에 왔을 때, 일본계 2세인 야마테 아저씨와 둘이서 낙지를 잡으러 갔다. 새벽녘에 일어나, 썰물이 빠진 갯벌을 터벅터벅 걸어가서 낙지가 사는 집을 발견하고, 작살 같은 것으로 후벼내어 잡는 것이다. 하지만 '낙지가 사는 집을 발견하여'라고 했지만 말처럼 그렇게 간단한 일은 아니다. 낙지도 자신의 보금자리를 발각당하면 곤란하니까 되도록 발견되지 않도록 조심한다. 초보자인 내 경우에는 아무리 주의해서 살펴보아도 전혀 발견할 수 없었다. 하지만 야마테 아저씨는 "낙지가 사는 집 입구에는 이렇게 모래가 약간 쌓여 있어. 이것 봐" 하고 말하며 아주 쉽게 찾아냈다. 이른 아침부터 깊이 잠들어 있다가 습격당한 불쌍한 낙지들이 아저씨를 이길 가능성은 아예 없는 모양이다. 그날 아침 우리는 6시까지 모두 여섯 마리 정도를 잡았다.

잡은 낙지를 어떻게 하는가 하면, 집으로 갖고 돌아가서 우선 세탁기에 집어넣어 세탁해버린다. 그리스에서는 잡은 낙지를 콘크리트 바닥에 내동댕이쳐 부드럽게 만들지만 미국의 낙지잡이는 그런 야만스러운(정치적으로 공정하지 않은) 짓은 하지 않는다. 시어즈 전자동 세탁기의 헹굼이나 탈수 스위치를 눌러 덜그럭덜그럭 하고 나서, 그것으로 끝난다. 보고 있노라면 낙지가 되고 싶은 마음은 추호도 들지 않는다. 생각해보라. 기분

하와이의 해변 풍경

정말 하와이다운 풍경이다. 10미터나 떨어진 곳에서 무게가 7킬로그램은
될 자동차 타이어로 고리 던지기 놀이를 하여, 셋 다 멋지게 들어갔다, 라는
것은 새빨간 거짓말이다. 단지 대여하는 바퀴 모양의 튜브가 놓여 있을 뿐.

좋게 잠을 자고 있다가 끌려 나와 '아니, 이런' 하고 생각하고 있을 동안에 세탁기에 집어넣어져 '탈수' 같은 거 당하면, 정말 견딜 수 없는 일이다. 정말 그런 식으로는 죽고 싶지 않다.

야마테 아저씨는 제2차 세계대전 중에 일본계 2세 부대에 들어가(실질적으로는 거의 강제적으로 동원되었지만), 이탈리아와 프랑스에서 독일군 정예부대와 싸웠다. 피로 얼룩진 격렬한 전투가 계속되어, 부대원의 절반 가까이가 죽거나 다쳤다.

지난번에는 당시의 전우들과 함께 프랑스에 가서, 격전 끝에 해방된 프랑스의 작은 도시를 방문했다. 야마테 아저씨는 그때의 주민들과 50년 만에 재회하여, 서로 부둥켜 얼싸안고 당시의 감회에 젖었다고 한다. 전쟁 당시의 이야기를 하게 되면 하와이의 일본계 사람들은 입을 다문다. 하긴 무척 괴로운 일을 당했을 테고 정말 괴로운 일은 그렇게 간단히 이야기할 수 없으리라.

이번에는 유감스럽게도 썰물 때를 놓쳐 낙지잡이를 할 수 없었다. 낙지들은 좋았겠지만 말이다.

고양이 피터,
지진,
시간은 멈추지 않고
흐른다

대학시절에 만난 고양이 피터와의 슬픈 이별

영국의 선인先人이 말했다시
피, 고양이에게 이름을 지어주는 것은 꽤 어려운 일이다.

내가 미타카의 아파트에서 살던 학생 때, 수고양이 한 마리
를 주운 적이 있다. 주웠다고 해야 하나, 고양이의 의지였다고
해야 하나. 아르바이트를 하고 밤중에 집으로 돌아가는 길에
고양이가 제멋대로 야옹야옹 하며 뒤따라와, 내가 사는 아파
트에 자리 잡고 살게 되었다. 갈색 호랑이 같은 얼룩 고양이인
데, 얼굴의 긴 털이 산적처럼 더부룩하여 꽤 귀여웠다. 좀 성질
이 있는 고양이였지만, 나와 의기투합하여 그 후 오랫동안 둘
이서 함께 지내게 되었다.

이 고양이에게는 한동안 이름을 지어주지 않았는데(특별히 이
름을 부를 필요도 없었으니까), 어느 날 라디오 심야 프로그램—아

집 없는 고양이

되게 기분 좋은 듯이 통통하게 살이 쪄 있다. 확실히 머리는 좋을 것 같아 보이지 않지만, 그래도 애교가 있다고 할까, 악의가 없다고 할까, 아무런 생각도 하지 않고 살아가고 있다고 할까, 뭐라고 할까……

마도 〈올나이트 일본〉이었으리라고 생각된다—을 듣다가 이름을 지어주었다. '나는 피터라는 이름의 귀여운 고양이를 기르고 있었는데, 그 고양이가 어디로 갔는지 없어져버려 지금은 무척 허전하다'는 청취자의 편지 내용을 들려주었다. 그것을 듣고 '그렇군, 그럼 이 고양이의 이름을 우선 피터라고 지어주자' 하고 생각한 것이다. 그것 말고는, 그 고양이의 이름에 그리 깊은 의미는 없었던 셈이다.

이 피터는 말 그대로 기질이 강인한 고양이로, 내가 방학 동안 집에 돌아가 있을 때에는 임자 없는 고양이가 되어 그 근처에서 어떻게든 스스로 살아갔다. 그리고 내가 돌아오면 다시 집에서 기르는 집고양이가 되었다. 피터와 나는 그런 생활을 여러 해 동안 계속했다. 내가 없을 때 그 고양이가 대체 어디서 무얼 먹고 지내는지, 나로선 잘 알 수 없었다. 그러나 나중에 행동을 관찰한 결과, 피터가 먹이의 대부분을 약탈과 야생동물의 포획에 의존했으리라는 걸 알 수 있었다. 어쨌든 방학이 되어 내가 집에 돌아갈 때마다 피터는 더욱더 억세고 와일드한 수고양이로 성장해간 것이다.

당시 내가 살고 있던 곳에는 아직 무사시노(도쿄 서부에서 사이타마 현의 가와고에 시 부근에 이르는 평야—옮긴이)의 모습이 많이 남아 있어, 주변에는 야생동물도 꽤 있었다. 어느 날 아침, 피터가 뭔가를 입에 물고 와서 내 머리맡에 휙 내던졌다. "아이고, 또 쥐를 잡아왔나" 하고 중얼거리며 자세히 보니, 그것은 작은 두더지였다. 진짜 두더지를 나는 태어나서 처음 보았다. 틀림없이 피터는 두더지 구멍 앞에서 밤새도록 기다리고 있다가, 두더지가 나오자마자 즉각 잡아챘으리라. 두더지 머리를 입에 물고 의기양양한 표정으로 내게 보이려고 온 것이다. 두더지가 가엾긴 했지만, 그 두더지를 잡으려고 피터가 고생한 걸 생각하니, 머리를 쓰다듬어주고 뭔가 맛있는 것을 주지 않을 수 없었다.

당시 고양이를 기르는 데 문제점은, 나의 경제 상태가 이따금 곤란하다는 점이었다. 주인이 제대로 끼니를 때울 돈도 없는데, 고양이가 먹을 음식이 있을 턱이 없었다. 내게는 당시 경제적 계획성이라는 게 전혀 없었기 때문에(지금도 그런 계획성이 부족한 건 사실이지만), 완전한 무일푼 상태가 한 달 사이에 대체로 일주일쯤 계속되곤 했다. 그럴 때에는 곧잘 같은 과의 여자 친구에게 부탁하여 돈을 빌렸다. 내가 돈이 없어서 굶고 있다고 말해도 "몰라, 그런 건 자업자득이잖아" 하고 대부분 상대해주지도 않았다. 하지만 "돈이 없어서 우리 집 고양이에게 먹을 걸 주지 못해"라고 말하면, 대부분의 친구는 동정하며 할 수 없다는 듯이 돈을 약간 빌려주었다. 아무튼 그런 식으로 고양

森に消えるピーター

森に消えるピーター: 숲으로 사라진 피터

이와 주인 둘이서 필사적으로 빈곤과 기아를 견뎌냈다. 조금 밖에 없는 음식을 서로 뺏으려고 싸운 적도 있었다. 지금 생각해도 비참한 생활이었다. 즐겁기도 했지만.

결혼했을 때 나는 아직 학생 신분이었기 때문에 아파트에서 가난하게 지내는 형편이었다. 그래서 보다 못한 아내의 친정 부모님이 같이 살자고 해서 나는 우선 그 집에 식객으로 가 있게 되었다. 그런데 문제는 고양이 피터였다. 아내의 친정집은 이불가게를 하고 있었기 때문에 장인은 고양이만은 데려와서는 안 된다고 했다. "고양이를 데리고 오면 절대로 안 되네. 팔 물건에 고양이털이 묻게 되잖나." 그건 그렇다. 할 수 없이, 불쌍하지만 피터는 남겨두고 가기로 했다. 혼자서도 잘살 수 있다는 것은 이미 증명되었으므로, 혼자 있어도 죽진 않으리라.

10월의 어느 흐린 날 오후에, 나는 몇 개의 가재도구와 수집한 재즈 레코드판들을 소형 트럭에 실었다. 그리고 텅 빈 방안에서 피터에게 다랑어 회를 주었다. 마지막 식사였다. "안됐지만, 내가 이번에 결혼하게 되었단다. 그쪽 집 사정으로 너를 데리고 갈 수 없게 됐구나" 하고 나는 피터에게 알아듣기 쉽게 설명했다. 하지만 피터는 내 말은 들리지도 않는지 다랑어 회를 걸신들린 듯이 먹는 데 필사적이었고(무리도 아니다. 피터는 태어난 이후로 그런 걸 먹어본 적도 없으니까) 고양이여서 그런지 주인의

잘 알지 못하는 어딘가의 고양이

장소는 도쿄의 뒷골목이고, 뭐니 뭐니 해도 세탁
물에서 차분한 멋이 풍긴다.

삶이 까다롭든 말든 그다지 신경 쓰지도 않는 것 같았다.

다랑어 회를 순식간에 먹어치우고 여전히 할짝할짝 접시를 핥고 있는 피터를 남겨두고, 나는 소형 트럭에 올라 처가로 향했다. 나는 계속 입을 다물고 가만히 앉아 있었다. 잠시 후 아내가 "괜찮아, 그 고양이 데리고 같이 가자. 어떻게든 되겠지" 하고 말했다. 우리는 서둘러 아파트로 되돌아가, 아직 멍하니 다랑어 생각을 하고 있는 피터를 꼭 껴안고 데려왔다. 그 무렵에는 꽤나 덩치 큰 고양이로 자라 있어, 굉장히 무거웠던 게 기억난다. 얼굴을 가까이 대자 고양이 볼의 털이 총채처럼 폭신폭신했다.

장인은 처음에는 "원 참, 왜 고양이를 데리고 왔나? 어디에 내다버리고 와" 하고 말하며 잔뜩 화를 냈지만, 원래부터 고양이를 싫어하는 분은 아닌 듯했다. 게다가 나중에는 우리 몰래 피터를 귀여워하기까지 했다. 내가 보고 있을 때는 아무렇게나 고양이 피터를 걷어차곤 해도, 아침 일찍 모두가 없는 곳에서는 몰래 머리를 쓰다듬어주며 먹을 걸 주곤 했다. 피터가 혼수용 이불에 오줌을 누었을 때에도 잔소리 한마디 하지 않고 —아니, 한마디 정도는 한 것도 같다—잠자코 다시 이불을 고치는 것이었다. 초등학교도 제대로 졸업하지 못한(이는 결코 차별적인 표현이 아니다. 요즘은 도리어 더 근사해 보이지 않는가) 좀 별나고 외골수인 분이었지만, 순수한 도쿄 토박이답게 깨끗이 단념하는 부분도 있었다.

그러나 유감스럽게도 거기서 피터를 끝까지 기를 수는 없었다. 왜냐하면 피터는 시골에서 자라면서 스스로 먹고살 줄 알게 된 고양이여서, 분쿄 구의 상점가에서는 꽤나 위험한 고양이였기 때문이다. 피터는 배가 고프면 재빨리 이웃집 부엌으로 들어가서, 거기에 있는 음식을 망설이는 일 없이 입에 물고 갔다. 우리는 이웃집 부인들로부터 "댁의 고양이가 또 우리 집에서 전갱이 말린 것을 훔쳐갔어요" 하고 말하는 등의 불만을 자주 듣게 되었다. 그때마다 변상을 하거나 고개를 숙이곤 했다(대개 장인이 고개를 숙이곤 했지만). 하지만 피터로서는 무슨 잘못을 했는지 잘 알지 못했다. 아무리 혼을 내도, 왜 자신이 혼나고 있는지조차 이해할 수 없었다. 그 고양이는 살아남기 위한 지혜를 터득한 고양이이며, 그게 자신으로서는 올바른 생활을 위한 본연의 자세인 것이다. 무사시노의 자연 속에서 두더지를 포획하면서 제멋대로 자란 고양이에게는, 콘크리트와 자동차가 오가는 도로로 둘러싸인 상점가에서의 생활은 답답하고 스트레스가 쌓이는 것이었다. 마지막에는 신경의 밸런스를 잃어, 그 근처에 오줌을 누고 다니는 정도로까지 이르렀다. 난처한 일이었다.

하버드 대학의 고양이

앞의 고양이 두 마리에 비하면, 역시 어딘지 모르게 머리가 좋을 것 같다. 이 부근의 벽돌이 깔려 있는 보도는 어슬렁어슬렁 산책하기에는 아주 운치가 있어 좋다. 하지만 오래되어 움푹 들어가거나 튀어나와 있기 때문에, 달리기에는 적합하지 않다.

케임브리지의 페이엣 가에 살고 있는 고양이

조깅을 하다 곧잘 이 포치에서 얼굴이 마주쳤다. 아주 성격이 온화하
고 얼굴도 잘생겼다. 목걸이에는 이름이 쓰여 있다. 주인에게 귀여움
을 받고 있는 것 같다. 부르면 방긋하고 웃지만 오진 않는다. 언제나
온화하게 행복스레 양지에서 볕을 쬐고 있다. 내 마음의 친구.

그래서 우리는 마침내 피터를 남에게 넘겨주게 되었다. 사이타마 현의 시골에 살고 있는 아는 사람이 떠맡아주었다. "우리 집 근처에는 커다란 숲이 있고, 동물도 많이 살고 있으니까, 그 고양이라면 충분히 행복하게 지낼 수 있을 거야" 하고 말하기에, 헤어지기는 괴로웠지만 고양이를 위해서도 그리로 보내는 게 좋겠다는 생각이 들었다. 눈 딱 감고 그 사람에게 피터를 맡기기로 했다. 헤어질 때 마지막으로 또 한 번 다랑어 회를 먹여주었다.

나중에 이야기를 들어보니, 피터는 그 시골집에서 한가로이 행복하게 지낸 모양이었다. 매일 아침밥을 먹고는 근처의 숲 속으로 들어가 거기서 실컷 놀고, 집으로 돌아왔다고 한다. 역시 그것이 피터에게는 가장 행복한 생활이었구나 하고 생각했다. 그런 생활이 몇 해 동안 계속된 모양이다. 그리고 어느 날, 피터는 결국 집에 돌아오지 않았다고 한다.

나는 지금도 가끔, 조용히 숲 속으로 사라져버린 야생의 수고양이 피터를 생각한다. 피터 생각을 하면, 내가 아직 젊고 가난하고 두려운 것을 모르고 대체 앞으로 무엇을 하면 좋을지 짐작도 가지 않았던 시절의 일이 떠오른다. 그 당시에 만난 수많은 사람 역시 떠오른다. 그 사람들은 모두 어떻게 되었을까 하고 생각한다. 그중 한 사람은 지금도 나의 아내이며 "있잖아,

장롱 서랍을 빼냈으면 제발 제대로 좀 끼워 넣어" 하고 저쪽에서 외치고 있다.

지진으로 얼룩진 고향을 찾아서

9월 ××일, 자작 낭독회 때문에 오랜만에 고향인 아시야와 고베에 다녀왔다. 지진의 재앙을 입은 이래 처음으로 방문했다. 8개월이 지났는데도 여전히 사방에 남아 있는 자연의 깊은 상흔을 보고 놀랄 수밖에 없었다. 막으려 해도 막을 길이 없는 천재지변이라고는 해도, 그런 광경을 직접 목격하니 '왜 하필이면 이런 일이 여기서 또 일어나야만 했을까' 하고 깊이 생각하게 된다. 나는 철이 들 때부터 열여덟 살 때까지 쭉 오사카와 고베 사이에 있는 조그만 도시에서 살았지만 지진을 경험한 기억은 거의 없다. 도쿄로 나온 이후로는 꽤 많은 지진을 경험했지만 오사카와 고베 사이의 지역이 대지진에 의해 괴멸 상태가 되리라고는 상상한 적도 없었다. 사람의 운명이라는 건 정말 알 수 없다는 생각을 다시금 하게 된다.

그래도 고베에서 내가 예전에 자주 갔던 가게 몇 군데는 다행히도 건재했다. 해안가 근처에 있는 '킹스 암스'도 제대로 남아 있었고(양쪽 옆으로 즐비했던 빌딩들은 없어져버렸지만), 자주 피자를 먹었던 나카야마테 거리의 '피노키오'도 남아 있었다. 토아로

드의 '델리카트슨'이라는 샌드위치가게는 유감스럽게도 영업하지 않았지만 가게 자체는 제대로 남아 있었다. 오랜만에 그런 가게에 들어가면 어쩐지 그리운 느낌이 든다. 당시 데이트를 했던 여자아이도 문득 생각이 난다.

그 무렵에는 고베의 거리를 여기저기 하릴없이 걸어다니기만 해도 가슴이 설레고 즐거웠다. 그러나 그것도 생각해보면, 이미 사반세기나 이전의 일이다. 수많은 고양이와 여자친구(그리 많은 수는 아니지만)에 대한 기억만을 남기고, 시간은 조용히 그리고 쉬는 일도 없이 흘러가버린다.

안자이 미즈마루 씨와
함께한
초밥집 이야기

무라카미　　안자이 씨는 초밥집 좋아하잖아요. 오늘은 초밥집 이야기를 한번 해보도록 하죠. 안자이 씨는 초밥집에 가면 주로 어떤 식으로 드세요?

안자이　　나는 카운터 석에 앉아서 쓰마미(초밥을 먹기 전에 나오는 안주—옮긴이)에 술을 한 잔한 후 먹고 싶은 초밥을 만들어달라고 부탁하는 식이지. 테이블 석에 앉아서 먹는 일은 그다지 없어.

무라카미　　저도 나이를 먹었는지 요즘 들어서 초밥보다는 간단한 안주 중심으로 천천히 한잔하는데, 예전에는 항상 배가 고팠으니 그럴 여유가 어디 있겠어요. 초밥을 정신없이 먹고 나서 지라시즈시(소금과 식초로 간을 한 밥 위에 회, 고기, 달걀부침, 채소 등을 얹어놓은 음식—옮긴이)로 마무리하고, 집에 갈 때는 후토마키

(굵게 만 일본식 김초밥—옮긴이)를 포장해가는 엄청난 패턴이었죠.

안자이　(놀란 듯 웃음) 그거 굉장하네.

무라카미　이러니 초밥 먹느라 바빠서 안주 먹을 새가 없었어요. 뭐랄까 마치 말처럼 먹었죠.

안자이　나는 말이야, 먼저 전어랑 참치 초밥을 주문해. 지방이 많은 뱃살은 별로 안 좋아해서 살코기로 부탁하지. 그러고 나서 물 좋은 오징어가 있으면 먹고, 다음엔 갯가재. 단맛 나는 소스는 안 찍어도 되고. 그다음엔 피조개, 기분에 따라서는 성게, 마지막에는 김초밥으로 마무리하지. 나는 안주로 생선을 꽤 많이 먹으니 김초밥은 깔끔한 게 좋아. 요즘엔 사비마키 같은 걸 자주 먹어. 고추냉이 들어간 김초밥 있잖아.

무라카미　사비마키요?

안자이　고추냉이를 잘게 썰어서 그걸 김초밥에 넣은 거.

무라카미　맛있을 것 같네요.

안자이　옛날엔 말이야, 고추냉이가 워낙 싸서 초밥집에 와서 그런 걸 주문하면 싫어했어. 싸구려라 돈이 안 되니까. 그런데 요즘엔 고추냉이 가격이 비싸져서 그런지 싫은 내색 없이 잘 만들어준다고. 고추냉이를 가루 내어 이긴 것을 넣어서 김초밥을 해먹어도 괜찮지만, 역시 생고추냉이를 잘게 썰어서 넣어 먹는 게 제대로야. 쌉싸래한 게 맛이 좋다고.

寿司屋にて: 초밥집에서

<u>무라카미</u>　　저는 흰 살 생선부터 먹어요. 저도 전어는 좋아하지만 초밥으로 먹는 것보다는 안주로 나오는 회로 먹는 게 더 좋아요. '어라? 밥이 없으니 어디 갈 곳이 없네' 하고 전어가 어리둥절해 있을 때를 놓치지 않고 재빨리 먹어버리죠. 이게 좋아요.

<u>안자이</u>　　나는 그래도 전어는 흰쌀밥에 올려 먹는 게 좋아.

<u>무라카미</u>　　대단한 건 아니지만 사람마다 취향이나 생각이 다 다르네요.

<u>안자이</u>　　그러네.

<u>무라카미</u>　　그리고 '붕장어는 반드시 어딘가에 넣어서 먹고

싶어'라는 생각도 하게 되지 않아요?

안자이   저기, 여자들은 붕장어 좋아하지 않아요?

오가미도리   전 별로 안 좋아해요.

무라카미   흠, 어릴 때 붕장어에 대한 나쁜 기억이라도 있다든가…….

안자이   후후, 하지만 내가 느끼기에 여자들은 붕장어나 문어 같은 거 꽤 좋아하는 거 같아. 왜일까?

무라카미   (왜 그럴까요……) 정어리도 신선한 게 있으면 꼭 만들어달라고 해요.

안자이   정어리 괜찮지. 꽁치 같은 것도 맛있고.

무라카미   (웃음) 점점 배고파지고 있어요. 하지만 안자이 씨, 초밥집은 맛도 중요하지만 고객층도 중요하지 않아요?

안자이   맞아, 고객층 정말 중요하지. 예를 들어, 꼬맹이가 옆에 앉아 건방지게 성게만 계속 시켜 먹는다고 생각하면 열받을 것 같아.

무라카미   엉덩이라도 걷어차고 싶어지죠. 액세서리 잔뜩 달고 한껏 꾸민 여자들이 많아도 좀 지쳐요. 향수 냄새라도 강하게 나면 날것의 미묘한 맛이 죽어버리거든요. 그건 좀 어떻게 했으면 좋겠어요.

안자이   아오야마青山에 있는 우미海味에서 카운터 석이 비기만 기다리고 있는데, 이것저것 치렁치렁 달고 있는 여자들 등을 보고 있자니 열받더라고.

무라카미 (웃음) 점점 화가 나려고 하네요. 그리고 몇몇 초밥 집은 담배 피우는 사람도 많아요. 그것도 굉장히 괴로워요. 카 운터 석에서는 웬만하면 안 피웠으면 하는데. 괴로워서 참다 참다 몇 번이나 뛰쳐나왔는지 몰라요.

안자이 초밥집 카운터 석에서는 못 피우게 해야 돼. 그런 민 폐가 어디 있어. 전화 통화 하는 것도 그래.

무라카미 그래서 말인데요, 손님 입장에서 초밥집에서 내가 가장 좋아하는 손님 유형이라고 하면 단연 불륜 커플이에요. 남 자가 40대 후반에서 50대, 여자가 20대 후반인 그런 느낌이랄 까? 구석에서 소곤소곤 뭔가 있는 듯 이야기하면서 말이죠. 정 말이지 초밥집 같아서 좋아요. 뭔가 그럴듯하고, 일단 조용하잖 아요.

오가미도리 뭐라고요?

무라카미 이제 하러 갈 거 같은 커플은 분위기로 알 수 있지 않아요?

안자이 물론이지, 후후.

무라카미 하지만 나는 개인적으로 초밥을 먹고 하는 것보다 는 하고 나서 여유 있게 초밥을 먹는 게 좋아요.

안자이   그런 게 어디 있어. 보통 먹고 나서 하러 가잖아.

무라카미   그런가요? 내가 이상한 건가? 하지만 하는 도중에 '이 여자 아까 참치뱃살이랑 붕장어, 성게를 먹었었지' 하는 생각이 들면 감흥이 없어지잖아요. 배 안에 그런 게 들어 있다고 생각하면 비린내가 나는 것 같기도 하고.

안자이   아무도 그런 생각 안 해. 끝나고 나서 초밥 먹는 게 더 비린내 날 것 같은데. (웃음) 생각날 것 같아서. 그거야말로 루이스 부뉴엘의 작품세계 같잖아.

무라카미   하지만 하고 나면 배고프지 않아요?

안자이   배가 왜 고파? 하고 난 뒤엔 잠만 자는데. 섹스한 뒤에 초밥 먹는 사람은 아무도 없어. 무라카미 정도만 그럴걸?

하루키의 일상적
여유를 즐기는
에세이

장석주(문학평론가 · 시인)

● 하루키만의 매력, '일상의 여백을 즐기는 생활의 미학화'

무라카미 하루키의 작품은 무거운 것은 가볍게, 가벼운 것은 무겁게 전달한다. 그의 '가벼움' 속에는 하찮은 것들에 대한 따뜻한 사랑과 섬세한 관심이 녹아들어 있다. 아마 그게 무거운 것을 생리적으로 싫어하는 젊은 독자들을 그의 책으로 끌어들이는 요인이 되었는지도 모른다.

유독 하루키만이 한국 상륙에 성공하여 약 40종 50여 권의 각종 작품이 30년 가까이 베스트셀러 또는 스테디셀러로 광범위하게 수백만 독자의 심금을 울리고 있는 까닭은 바로 그의 작품이 '존재 이유'와 그 '가치'를 추구하면서도 '동시대 감각'에 공명케 하는 탁월한 표현 기법을 구사하기 때문이다.

이는 일상생활에 대한 하루키의 섬세한 포착이라는 점을 생각할 때 더욱 빛나는 하루키만의 매력이 된다. 그래서 그의 에세이를 읽으면 '일상생활의 미학화'라는 점이 더욱더 부각되는 모양이다. 특히 《이렇게 작지만 확실한 행복》은 하루키의 에세이 중에서도 독특한 미학을 가지고 있다. 즉 한 편의 글이면서도 그 안에서 여러 가지 이야기를 매우 다채롭고 경쾌하게 서술하고 있어 하루키 글쓰기의 내면을 엿볼 수 있다. 자신의 소소한 일상을 직관적으로 서술하다 보니 여러 소재의 글들이 뒤엉켜 나오는 듯하지만, 그것이 오히려 하루키의 생활을 드러내어 읽는 재미를 더욱 느낄 수 있게 한다.

● '뭔가 특별'해지기 위한 의식

하루키는 어디서나 달리는 건 즐겁다고 이야기한다. 가끔씩 정해진 길을 벗어나 자신의 내면에 집중할 수 있는 삶의 여유는 힘든 고난의 시간을 견디고 차가운 맥주를 마시는 상쾌함과도 비견된다고 말한다.

"42킬로미터를 달리는 일은 결코 따분한 행위가 아니다. 그것은 매우 스릴 넘치는 비일상적이고도 창조적인 행위다. 달리다 보면 평소에는 따분하기 이를 데 없는 사람이라도 '뭔가

특별'해질 수 있다. 설령 짧게밖에 살 수 없다 하더라도 그 짧
은 인생을 어떻게든 완전히 집중해서 살기 위해 달리는 거라
고 생각한다."

하루키는 마라톤에서 이기기 위한 승리의 골인보다는 달리
는 도중에 이루어지는 연도에 늘어선 사람과의 순간적인 커
뮤니케이션을 더욱 사랑한다. 앞서거니 뒤서거니 함께 달리고
있는 마라톤 주자들보다는 도로변과 가까운 집에서 바비큐를
굽고 있는 가족들의 모습과 사람 사는 모습에 흐뭇해하고, "힘
내세요" 하고 파이팅을 외치는 고함 소리에 사람 사는 세상의
재미를 한껏 느끼기도 한다.

이는 자신을 끝까지 몰아붙였을 때 내면의 의식 세계가 어
떻게 변화하는지, 자신의 의지가 어디까지 살아 있을 수 있는
지 확인해보고자 하는 작가의 치열한 삶의 의식이기도 하다.

그의 작품을 접하게 될 때마다 느끼는 문제지만, 우리가 통
칭 상상하는 작가의 이미지와 하루키의 모습이 얼마나 다른지
깜짝깜짝 놀라게 된다. 매일 밤 술을 마시거나, 밤낮이 뒤바뀐
텁수룩한 작가의 모습을 상상하는 우리로서는 일찍 자고 일찍
일어나는, 그리고 건강을 위해 자기를 관리하는 하루키의 모
습을 보면서 그의 작가 의식이 얼마나 건강한지 알 수 있다.

이러한 그의 작가 정신은 평소 그의 차림새만 보아도 금세

알 수 있다. 우선 겉모습에서부터 가식을 멀리해야 한다는 철저한 생활신조와 함께, 운동과 마라톤으로 단련된 강인한 몸이라야 끈질긴 인내가 요구되고 엄청난 기력을 소모하는 창작의 작업에 지치지 않고 좋은 작품을 쓸 수 있다고 하루키는 확신한다.

● '모든 사물과 나 자신 사이에 적당한 거리 두기'의 미학

그를 구성하는 문화적 코드는 이러하다. 마라톤, 여행, 독서 그리고 마지막으로 고양이.

고양이라니, 뭔가 의아스럽기는 하다. 하지만 고양이는 세계와 단절된 듯한 자세로 세계에 대한 냉담함을 드러내 보여주는 전혀 길들여지지 않는 동물이다. 개가 주인에게 충성을 맹세하며 자신의 온몸과 정신을 쏟아부을 때, 고양이는 능청스럽게 자기만의 세계와 사고를 고집한다. 길고양이는 말할 것도 없고 온전히 집에서만 자라는 고양이도 그러하다. 마치 고양이가 그 집주인인 것처럼 행세한다.

그래서 하루키는 고양이를 무척 좋아한다. 집에서뿐만 아니라 이방의 여행길에서도 고양이를 만나면 멈춰 서서 고양이를 안아주거나 멋대로 이름을 붙여 장난을 건다.

이 책《이렇게 작지만 확실한 행복》은 그러한 고양이의 동물적 습성을 사랑하는 하루키식 세상 읽기다. '레종 데트르', 즉 인간의 존재 이유를 탐구하는 작가 하루키의 '모든 사물과 나 자신 사이에 적당한 거리 두기'의 미학 정신이 고양이의 사는 모습과 거의 닮았다는 것을 느끼게 될 것이다.

물론 이 작품은 고양이에 대한 단상이 전부는 아니다. 보스턴 마라톤에 참가하면서 함께 호흡했던 거리의 표정, '고양이가 기뻐하는 비디오'의 놀랄 만한 효과, 연말에 차를 도난당해 곤란했던 일 등의 에피소드와 함께 닉슨 전 대통령의 죽음에 얽힌 의외의 일면이나, 귀국 후 고베 지진의 참상을 보며 느낀 생각 등은 빛나는 하루키식 에스프리를 맛보게 한다.

● **처음부터 끝까지 혼자 걸어가는 건강한 우리 시대의 작가**

이 글은 미국의 케임브리지에 머물렀던 하루키의 체류기라고 할 수 있다. 체류기라고 하지만, 어찌 보면 하루키라면 사물에 대한 섬세하고도 냉정한 파악은 어디에서든 가능했을 것이라는 생각도 든다.

작가 하루키는 미국이나 일본이라는 공간적인 장소나, 시간의 흐름에 구애받지 않는다. 부조리한 이 세계에 대해 거부를 표명한 세대로서, 아직까지도 그는 부조리한 세계와 타협하지 않고 있다. 자신의 문학의 근원을 향해 혼자 고독한 싸움을 계속하고 있는 하루키는, 처음부터 끝까지 혼자 걸어가는 건강한 우리 시대의 작가다.

'작가 하루키' 이전의 '인간 하루키'의 면모를 솔직하게 드러내면서, 또 다른 세계에서 이방인으로서 존재하며 자신의 일상을 즐길 줄 아는 반짝이는 삶의 미학과 행복의 창조, 그리고 일련의 사진들은 하루키가 세상을 바라보는 시선을 그대로 보여주는 의미를 뛰어넘어 독자들로 하여금 생생하게 작가의 집필실로 통하게 한다. 이제 우리는 이국에서 떠도는 고독한 작가의 영혼을 고양이의 눈빛과 함께 만날 수 있을 것이다.

마라톤과 고양이, 여행과 책 읽기라는 코드로 우리의 삶을 돌이켜보게끔 하는 탁월한 이 시대의 대변자 하루키. 생생하고도 순수한, 그리고 냉철한 직관력의 하루키를 통해 일상 속에서 반짝이는 삶의 미학을 다시금 건져 올린다.

옮긴이 김진욱
서울대학교 사범대학을 졸업하고 전문번역가로 활동하고 있다. 옮긴 책으로는 『세계의 끝과 하드보일드 원더랜드』『이윽고 슬픈 외국어』『하루키의 여행법 - 사진편』『나는 여행기를 이렇게 쓴다』『갈매기의 꿈』『우연과 필연』『예술과 소외』 등이 있다.

이렇게 작지만 확실한 행복

1판 1쇄   1999년 8월 16일   2판 1쇄   2015년 6월 26일
3판 1쇄   2024년 6월 10일   3판 5쇄   2024년 12월 4일

지은이   무라카미 하루키
그림   안자이 미즈마루
사진   무라카미 요코
옮긴이   김진욱

펴낸이   임지현
펴낸곳   (주)문학사상
주소   경기도 파주시 회동길 363-8, 201호(10881)
등록   1973년 3월 21일 제1-137호

전화   031) 946-8503
팩스   031) 955-9912
홈페이지   www.munsa.co.kr
이메일   munsa@munsa.co.kr

ISBN 978-89-7012-593-0 (03830)